„BÜCHER SIND WIE FALLSCHIRME. SIE NÜTZEN UNS NICHTS, WENN WIR SIE NICHT ÖFFNEN."

Gröls Verlag

Redaktionelle Hinweise und Impressum

Das vorliegende Werk wurde zugunsten der Authentizität sehr zurückhaltend bearbeitet. So wurden etwa ursprüngliche Rechtschreibfehler *nicht* systematisch behoben, denn kleine Unvollkommenheiten machen das Buch – wie im Übrigen den Menschen – erst authentisch. Mitunter wurden jedoch zum Beispiel Absätze behutsam neu getrennt, um den Lesefluss zu erleichtern.

Um die Texte zu rekonstruieren, werden antiquarische Bücher von Lesegeräten gescannt und dann durch eine Software lesbar gemacht. Der so entstandene Text wird von Menschen gegengelesen und korrigiert – hierbei treten auch Fehler auf. Wenn Sie ebenfalls antiquarische Texte einreichen möchten, finden Sie weitere Informationen auf www.groels.de

Viel Freude bei der Lektüre wünscht Ihnen das Team des Gröls-Verlags.

Adressen

Verleger: Sophia Gröls, Im Borngrund 26, 61440 Oberursel

Externer Dienstleister für Distribution & Herstellung: BoD, In de Tarpen 42, 22848 Norderstedt

Unsere „Edition | Werke der Weltliteratur" hat den Anspruch, eine der größten und vollständigsten Sammlungen klassischer Literatur in deutscher Sprache zu sein. Nach und nach versammeln wir hier nicht nur die „üblichen Verdächtigen" von Goethe bis Schiller, sondern auch Kleinode der vergangenen Jahrhunderte, die – zu Unrecht – drohen, in Vergessenheit zu geraten. Wir kultivieren und kuratieren damit einen der wertvollsten Bereiche der abendländischen Kultur. Kleine Auswahl:

Francis Bacon • Neues Organon • **Balzac** • Glanz und Elend der Kurtisanen • **Joachim H. Campe** • Robinson der Jüngere • **Dante Alighieri** • Die Göttliche Komödie • **Daniel Defoe** • Robinson Crusoe • **Charles Dickens** • Oliver Twist • **Denis Diderot** • Jacques der Fatalist • **Fjodor Dostojewski** • Schuld und Sühne • **Arthur Conan Doyle** • Der Hund von Baskerville • **Marie von Ebner-Eschenbach** • Das Gemeindekind • **Elisabeth von Österreich** • Das Poetische Tagebuch • **Friedrich Engels** • Die Lage der arbeitenden Klasse • **Ludwig Feuerbach** • Das Wesen des Christentums • **Johann G. Fichte** • Reden an die deutsche Nation • **Fitzgerald** • Zärtlich ist die Nacht • **Flaubert** • Madame Bovary • **Gorch Fock** • Seefahrt ist not! • **Theodor Fontane** • Effi Briest • **Robert Musil** • Über die Dummheit • **Edgar Wallace** • Der Frosch mit der Maske • **Jakob Wassermann** • Der Fall Maurizius • **Oscar Wilde** • Das Bildnis des Dorian Grey • **Émile Zola** • Germinal • **Stefan Zweig** • Schachnovelle • **Hugo von Hofmannsthal** • Der Tor und der Tod • **Anton Tschechow** • Ein Heiratsantrag • **Arthur Schnitzler** • Reigen • **Friedrich Schiller** • Kabale und Liebe • **Nicolo Machiavelli** • Der Fürst • **Gotthold E. Lessing** • Nathan der Weise • **Augustinus** • Die Bekenntnisse des heiligen Augustinus • **Marcus Aurelius** • Selbstbetrachtungen • **Charles Baudelaire** • Die Blumen des Bösen • **Harriett Stowe** • Onkel Toms Hütte • **Walter Benjamin** • Deutsche Menschen • **Hugo Bettauer** • Die Stadt ohne Juden • **Lewis Caroll** • *und viele mehr....*

Sigmund Freud

Der Mann Moses und die monotheistische Religion

Inhalt

I - Moses, ein Ägypter 6

II – Wenn Moses ein Ägypter war… 14

III – Moses, sein Volk und die monotheistische Relegion 43

    Erster Teil 43

    Zweiter Teil 85

I - Moses, ein Ägypter

Einem Volkstum den Mann abzusprechen, den es als den größten unter seinen Söhnen rühmt, ist nichts, was man gern oder leichthin unternehmen wird, zumal wenn man selbst diesem Volke angehört. Aber man wird sich durch kein Beispiel bewegen lassen, die Wahrheit zugunsten vermeintlicher nationaler Interessen zurückzusetzen, und man darf ja auch von der Klärung eines Sachverhalts einen Gewinn für unsere Einsicht erwarten.

Der Mann *Moses*, der dem jüdischen Volke Befreier, Gesetzgeber und Religionsstifter war, gehört so entlegenen Zeiten an, daß man die Vorfrage nicht umgehen kann, ob er eine historische Persönlichkeit oder eine Schöpfung der Sage ist. Wenn er gelebt hat, so war es im 13., vielleicht aber im 14. Jahrhundert vor unserer Zeitrechnung; wir haben keine andere Kunde von ihm als aus den heiligen Büchern und den schriftlich niedergelegten Traditionen der Juden. Wenn darum auch die Entscheidung der letzten Sicherheit entbehrt, so hat sich doch die überwiegende Mehrheit der Historiker dafür ausgesprochen, daß Moses wirklich gelebt und der an ihn geknüpfte Auszug aus Ägypten in der Tat stattgefunden hat. Man behauptet mit gutem Recht, daß die spätere Geschichte des Volkes Israel unverständlich wäre, wenn man diese Voraussetzung nicht zugeben würde. Die heutige Wissenschaft ist ja überhaupt vorsichtiger geworden und verfährt weit schonungsvoller mit Überlieferungen als in den Anfangszeiten der historischen Kritik.

Das erste, das an der Person Moses' unser Interesse anzieht, ist der Name, der im Hebräischen *Mosche* lautet. Man darf fragen: Woher stammt er? Was bedeutet er? Bekanntlich bringt schon der Bericht in *Exodus*, Kap. 2, eine Antwort. Dort wird erzählt, daß die ägyptische Prinzessin, die das im Nil ausgesetzte Knäblein gerettet, ihm diesen Namen gegeben mit der etymologischen Begründung: „denn ich habe ihn aus dem Wasser gezogen". Allein diese Erklärung ist offenbar unzulänglich. „Die biblische Deutung des Namens 'Der aus dem Wasser Gezogene'", urteilt ein Autor im *Jüdischen Lexikon*, „ist Volksetymologie, mit der schon die aktive hebräische Form ('Mosche' kann höchstens 'der Herauszieher' heißen) nicht in Einklang zu bringen ist." Man kann diese Ablehnung mit zwei weiteren Gründen unterstützen, erstens, daß es unsinnig ist, einer ägyptischen Prinzessin eine Ableitung des Namens aus dem Hebräischen zuzuschreiben, und zweitens, daß das Wasser, aus dem das Kind gezogen wurde, höchstwahrscheinlich nicht das Wasser des Nils war.

Hingegen ist seit langem und von verschiedenen Seiten die Vermutung ausgesprochen worden, daß der Name Moses aus dem ägyptischen Sprachschatz herrührt. Anstatt alle Autoren anzuführen, die sich in diesem Sinn geäußert haben, will ich die entsprechende Stelle aus einem neueren Buch von J. H. Breasted übersetzt einschalten, einem Autor, dessen *History of Egypt* (1906) als maßgebend geschätzt wird. „Es ist bemerkenswert, daß sein (dieses Führers) Name, Moses, ägyptisch war. Es ist einfach das ägyptische Wort 'mose', das 'Kind' bedeutet, und ist die Abkürzung von volleren Namensformen wie z. B. Amen-mose, das heißt Amon-Kind, oder Ptah-mose, Ptah-Kind, welche Namen selbst wieder Abkürzungen der längeren Sätze sind: Amon (hat geschenkt ein) Kind oder Ptah (hat geschenkt ein) Kind. Der Name 'Kind' wurde bald ein bequemer Ersatz für den weitläufigen, vollen Namen, und die Namensform 'Mose' findet sich auf ägyptischen Denkmälern nicht selten vor. Der Vater des Moses hatte seinem Sohn sicherlich einen mit Ptah oder Amon zusammengesetzten Namen gegeben, und der Gottesname fiel im täglichen Leben nach und nach aus, bis der Knabe einfach 'Mose' gerufen wurde. (Das 's' am Ende des Namens Moses stammt aus der griechischen Übersetzung des Alten Testaments. Es gehört auch nicht dem Hebräischen an, wo der Name 'Mosche' lautet.)" Ich habe die Stelle wörtlich wiedergegeben und bin keineswegs bereit, die Verantwortung für ihre Einzelheiten zu teilen. Ich verwundere mich auch ein wenig, daß Breasted in seiner Aufzählung gerade die analogen theophoren Namen übergangen hat, die sich in der Liste der ägyptischen Könige vorfinden, wie *Ah-mose*, *Thut-mose* (Tothmes) und *Ra-mose* (Ramses).

Nun sollte man erwarten, daß irgendeiner der vielen, die den Namen Moses als ägyptisch erkannt haben, auch den Schluß gezogen oder wenigstens die Möglichkeit erwogen hätte, daß der Träger des ägyptischen Namens selbst ein Ägypter gewesen sei. Für moderne Zeiten gestatten wir uns solche Schlüsse ohne Bedenken, obwohl gegenwärtig eine Person nicht einen Namen führt, sondern zwei, Familiennamen und Vornamen, und obwohl Namensänderungen und Angleichungen unter neueren Bedingungen nicht ausgeschlossen sind. Wir sind dann keineswegs überrascht, bestätigt zu finden, daß der Dichter Chamisso französischer Abkunft ist, Napoleon Buonaparte dagegen italienischer und daß

Benjamin Disraeli wirklich ein italienischer Jude ist, wie sein Name erwarten läßt. Und für alte und frühe Zeiten, sollte man meinen, müßte ein solcher Schluß vom Namen auf die Volkszugehörigkeit noch weit zuverlässiger sein und eigentlich zwingend erscheinen. Dennoch hat meines Wissens im Falle Moses' kein Historiker diesen Schluß gezogen, auch keiner von denen, die, wie gerade wieder Breasted, bereit sind anzunehmen, daß Moses „mit aller Weisheit der Ägypter" vertraut war.

Was da im Wege stand, ist nicht sicher zu erraten. Vielleicht war der Respekt vor der biblischen Tradition unüberwindlich. Vielleicht erschien die Vorstellung zu ungeheuerlich, daß der Mann Moses etwas anderes als ein Hebräer gewesen sein sollte. Jedenfalls stellt sich heraus, daß die Anerkennung des ägyptischen Namens nicht als entscheidend für die Beurteilung der Abkunft Moses' betrachtet, daß nichts weiter aus ihr gefolgert wird. Hält man die Frage nach der Nationalität dieses großen Mannes für bedeutsam, so wäre es wohl wünschenswert, neues Material zu deren Beantwortung vorzubringen.

Dies unternimmt meine kleine Abhandlung. Ihr Anspruch auf einen Platz in der Zeitschrift *Imago* gründet sich darauf, daß ihr Beitrag eine Anwendung der Psychoanalyse zum Inhalt hat. Das so gewonnene Argument wird gewiß nur auf jene Minderheit von Lesern Eindruck machen, die mit analytischem Denken vertraut ist und dessen Ergebnisse zu schätzen weiß. Ihnen aber wird es hoffentlich bedeutsam scheinen.

Im Jahre 1909 hat O. Rank, damals noch unter meinem Einfluß, auf meine Anregung eine Schrift veröffentlicht, die betitelt ist *Der Mythus von der Geburt des*. Sie behandelt die Tatsache, daß fast alle bedeutenden Kulturvölker ... frühzeitig ihre Helden, sagenhaften Könige und Fürsten, Religionsstifter, Dynastie-, Reichs- und Städtegründer, kurz ihre Nationalhelden in Dichtungen und Sagen verherrlicht" haben. „Besonders haben sie die Geburts- und Jugendgeschichte dieser Personen mit phantastischen Zügen ausgestattet, deren verblüffende Ähnlichkeit, ja teilweise wörtliche Übereinstimmung bei verschiedenen, mitunter weit getrennten und völlig unabhängigen Völkern längst bekannt und vielen Forschern aufgefallen ist." Konstruiert man nach dem Vorgang von Rank, etwa in Galtonscher Technik, eine „Durchschnittssage", welche die wesentlichen Züge all dieser Geschichten heraushebt, so erhält man folgendes Bild:

„Der Held ist das Kind *vornehmster* Eltern, meist ein Königssohn."

„Seiner Entstehung gehen Schwierigkeiten voraus, wie Enthaltsamkeit oder lange Unfruchtbarkeit oder heimlicher Verkehr der Eltern infolge äußerer Verbote oder Hindernisse. Während der Schwangerschaft oder schon früher erfolgt eine vor seiner Geburt warnende Verkündigung (Traum, Orakel), die meist dem Vater Gefahr droht."

„Infolgedessen wird das neugeborene Kind meist auf Veranlassung des *Vaters oder der ihn vertretenden Person* zur Tötung oder *Aussetzung* bestimmt; in der Regel wird es in einem *Kästchen* dem *Wasser* übergeben."

„Es wird dann von Tieren oder *geringen Leuten (Hirten) gerettet* und von *einem weiblichen Tiere* oder einem *geringen Weibe* gesäugt."

„Herangewachsen, findet es auf einem sehr wechselvollen Wege die vornehmen Eltern wieder, *rächt sich am Vater* einerseits, wird *anerkannt* anderseits und gelangt zu Größe und Ruhm."

Die älteste der historischen Personen, an welche dieser Geburtsmythus geknüpft wurde, ist Sargon von Agade, der Gründer von Babylon (um 2800 v. Chr.). Es ist grade für uns nicht ohne Interesse, den ihm selbst zugeschriebenen Bericht hier wiederzugeben:

„Sargon, der mächtige König, König von Agade bin ich. Meine Mutter war eine Vestalin, meinen Vater kannte ich nicht, während der Bruder meines Vaters das Gebirge bewohnte. In meiner Stadt Azupirani, welche am Ufer des Euphrats gelegen ist, wurde mit mir schwanger die Mutter, die Vestalin. *Im Verborgenen gebar sie mich. Sie legte mich in ein Gefäß von Schilfrohr, verschloß mit Erdpech meine Türe und ließ mich nieder in den Strom,* welcher mich nicht ertränkte. Der Strom führte mich zu Akki, dem Wasserschöpfer. Akki, der Wasserschöpfer, in der Güte seines Herzens hob er mich heraus. *Akki, der Wasserschöpfer, als seinen eigenen Sohn zog er mich auf.* Akki, der Wasserschöpfer, zu seinem Gärtner machte er mich. In meinem Gärtneramt gewann Istar mich lieb, ich wurde König, und 45 Jahre übte ich die Königsherrschaft aus."

Die uns vertrautesten Namen in der mit Sargon von Agade beginnenden Reihe sind Moses, Kyros und Romulus. Außerdem aber hat Rank eine große Anzahl von der Dichtung oder der Sage angehörigen Heldengestalten zusammengestellt, denen dieselbe Jugendgeschichte, entweder in ihrer Gänze oder in gut kenntlichen Teilstücken, nachgesagt wird, als: Ödipus, Karna, Paris, Telephos, Perseus, Herakles, Gilgamesch, Amphion und Zethos u. a.

Quelle und Tendenz dieses Mythus sind uns durch die Untersuchungen von Rank bekannt gemacht worden. Ich brauche mich nur mit knappen Andeutungen darauf zu beziehen. Ein Held ist, wer sich mutig gegen seinen Vater erhoben und ihn am Ende siegreich überwunden hat. Unser Mythus verfolgt diesen Kampf bis in die Urzeit des Individuums, indem er das Kind gegen den Willen des Vaters geboren und gegen seine böse Absicht gerettet werden läßt. Die Aussetzung im Kästchen ist eine unverkennbare symbolische Darstellung der Geburt, das Kästchen der Mutterleib, das Wasser das Geburtswasser. In ungezählten Träumen wird das Eltern-Kind-Verhältnis durch Aus-dem-Wasser-Ziehen oder Aus-dem-Wasser-Retten dargestellt. Wenn die Volksphantasie an eine hervorragende Persönlichkeit den hier behandelten Geburtsmythus heftet, so will sie den Betreffenden hiedurch als Helden anerkennen, verkünden, daß er das Schema eines Heldenlebens erfüllt hat. Die Quelle der ganzen Dichtung ist aber der sogenannte „Familienroman" des Kindes, in dem der Sohn auf die Veränderung seiner Gefühlsbeziehungen zu den Eltern, insbesondere zum Vater, reagiert. Die ersten Kinderjahre werden von einer großartigen Überschätzung des Vaters beherrscht, der entsprechend König und Königin in Traum und Märchen immer nur die Eltern bedeuten, während später unter dem Einfluß von Rivalität und realer Enttäuschung die Ablösung von den Eltern und die kritische Einstellung gegen den Vater einsetzt. Die beiden Familien des Mythus, die vornehme wie die niedrige, sind demnach beide Spiegelungen der eigenen Familie, wie sie dem Kind in aufeinander folgenden Lebenszeiten erscheinen.

Man darf behaupten, daß durch diese Aufklärungen sowohl die Verbreitung wie die Gleichartigkeit des Mythus von der Geburt des Helden voll verständlich werden. Um so mehr verdient es unser Interesse, daß die Geburts- und Aussetzungssage von Moses eine Sonderstellung einnimmt, ja, in einem wesentlichen Punkt den anderen widerspricht.

Wir gehen von den zwei Familien aus, zwischen denen die Sage das Schicksal des Kindes spielen läßt. Wir wissen, daß sie in der analytischen Deutung zusammenfallen, sich nur zeitlich voneinander sondern. In der typischen Form der Sage ist die erste Familie, in die das Kind geboren wird, die vornehme, meist ein königliches Milieu; die zweite, in der das Kind aufwächst, die geringe oder erniedrigte, wie es übrigens den Verhältnissen, auf welche die Deutung zurückgeht, entspricht. Nur in der Ödipussage ist dieser Unterschied verwischt. Das aus der einen Königsfamilie ausgesetzte Kind wird von einem anderen

Königspaar aufgenommen. Man sagt sich, es ist kaum ein Zufall, wenn gerade in diesem Beispiel die ursprüngliche Identität der beiden Familien auch in der Sage durchschimmert. Der soziale Kontrast der beiden Familien eröffnet dem Mythus, der, wie wir wissen, die Heldennatur des großen Mannes betonen soll, eine zweite Funktion, die besonders für historische Persönlichkeiten bedeutungsvoll wird. Er kann auch dazu verwendet werden, dem Helden einen Adelsbrief zu schaffen, ihn sozial zu erhöhen. So ist Kyros für die Meder ein fremder Eroberer, auf dem Wege der Aussetzungssage wird er zum Enkel des Mederkönigs. Ähnlich bei Romulus; wenn eine ihm entsprechende Person gelebt hat, so war es ein hergelaufener Abenteurer, ein Emporkömmling; durch die Sage wird er Abkomme und Erbe des Königshauses von Alba Longa.

Ganz anders ist es im Falle des Moses. Hier ist die erste Familie, sonst die vornehme, bescheiden genug. Er ist das Kind jüdischer Leviten. Die zweite aber, die niedrige Familie, in der sonst der Held aufwächst, ist durch das Königshaus von Ägypten ersetzt; die Prinzessin zieht ihn als ihren eigenen Sohn auf. Diese Abweichung vom Typus hat auf viele befremdend gewirkt. Ed. Meyer und andere nach ihm haben angenommen, die Sage habe ursprünglich anders gelautet: Der Pharao sei durch einen prophetischen Traum gewarnt worden, daß ein Sohn seiner Tochter ihm und dem Reiche Gefahr bringen werde. Er läßt darum das Kind nach seiner Geburt im Nil aussetzen. Aber es wird von jüdischen Leuten gerettet und als ihr Kind aufgezogen. Zufolge von „nationalen Motiven", wie Rank es ausdrückt, habe die Sage eine Umarbeitung in die uns bekannte Form erfahren.

Aber die nächste Überlegung lehrt, daß eine solche ursprüngliche Mosessage, die nicht mehr von den anderen abweicht, nicht bestanden haben kann. Denn die Sage ist entweder ägyptischen oder jüdischen Ursprungs. Der erste Fall schließt sich aus; Ägypter hatten kein Motiv, Moses zu verherrlichen, er war kein Held für sie. Also sollte die Sage im jüdischen Volk geschaffen, d. h. in ihrer bekannten Form an die Person des Führers geknüpft worden sein. Allein dazu war sie ganz ungeeignet, denn was sollte dem Volke eine Sage fruchten, die seinen großen Mann zu einem Volksfremden machte?

In der Form, in der die Mosessage uns heute vorliegt, bleibt sie in bemerkenswerter Weise hinter ihren geheimen Absichten zurück. Wenn Moses kein Königssprosse ist, so kann ihn die Sage nicht zum Helden stempeln; wenn er ein Judenkind bleibt, hat sie nichts zu seiner Erhöhung getan. Nur ein Stückchen des ganzen Mythus bleibt wirksam, die Versicherung, daß das Kind starken äußeren Gewalten zum Trotz sich erhalten hat, und diesen Zug hat denn auch die Kindheitsgeschichte Jesu wiederholt, in der König Herodes die Rolle des Pharao übernimmt. Es steht uns dann wirklich frei anzunehmen, daß irgendein später, ungeschickter Bearbeiter des Sagenstoffes sich veranlaßt fand, etwas der klassischen, den Helden auszeichnenden Aussetzungssage Ähnliches bei seinem Helden Moses unterzubringen, was wegen der besonderen Verhältnisse des Falles zu ihm nicht passen konnte.

Mit diesem unbefriedigenden und überdies unsicheren Ergebnis müßte sich unsere Untersuchung begnügen und hätte auch nichts zur Beantwortung der Frage geleistet, ob Moses ein Ägypter war. Aber es gibt zur Würdigung der Aussetzungssage noch einen anderen, vielleicht hoffnungsvolleren Zugang.

Wir kehren zu den zwei Familien des Mythus zurück. Wir wissen, auf dem Niveau der analytischen Deutung sind sie identisch, auf mythischem Niveau unterscheiden sie sich als die vornehme und die niedrige. Wenn es sich aber um eine historische Person handelt, an die der Mythus geknüpft ist, dann gibt es ein drittes Niveau, das der Realität. Die eine Familie ist die reale, in der die Person, der große Mann, wirklich geboren wurde und aufgewachsen ist; die andere ist fiktiv, vom Mythus in der Verfolgung seiner Absichten erdichtet. In der Regel fällt die reale Familie mit der niedrigen, die erdichtete mit der vornehmen zusammen. Im Falle Moses schien irgend etwas anders zu liegen. Und nun führt vielleicht der neue Gesichtspunkt zur Klärung, daß die erste Familie, die, aus der das Kind ausgesetzt wird, in allen Fällen, die sich verwerten lassen, die erfundene ist, die spätere aber, in der es aufgenommen wird und aufwächst, die wirkliche. Haben wir den Mut, diesen Satz als eine Allgemeinheit anzuerkennen, der wir auch die Mosessage unterwerfen, so erkennen wir mit einem Male klar: Moses ist ein – wahrscheinlich vornehmer – Ägypter, der durch die Sage zum Juden gemacht werden soll. Und das wäre unser Resultat! Die Aussetzung im Wasser war an ihrer richtigen Stelle; um sich der neuen Tendenz zu fügen, mußte ihre Absicht, nicht ohne Gewaltsamkeit, umgebogen werden; aus einer Preisgabe wurde sie zum Mittel der Rettung.

Die Abweichung der Mosessage von allen anderen ihrer Art konnte aber auf eine Besonderheit der Mosesgeschichte zurückgeführt werden. Während sonst ein Held sich im Laufe seines Lebens über seine niedrigen Anfänge erhebt, begann das Heldenleben des Mannes Moses damit, daß er von seiner Höhe herabstieg, sich herabließ zu den Kindern Israels.

Wir haben diese kleine Untersuchung in der Erwartung unternommen, aus ihr ein zweites, neues Argument für die Vermutung zu gewinnen, daß Moses ein Ägypter war. Wir haben gehört, daß das erste Argument, das aus dem Namen, auf viele keinen entscheidenden Eindruck gemacht. Man muß darauf vorbereitet sein, daß das neue Argument, aus der Analyse der Aussetzungssage, kein besseres Glück haben wird. Die Einwendungen werden wohl lauten, daß die Verhältnisse der Bildung und Umgestaltung von Sagen doch zu undurchsichtig sind, um einen Schluß wie den unsrigen zu rechtfertigen, und daß die Traditionen über die Heldengestalt Moses in ihrer Verworrenheit, ihren Widersprüchen, mit den unverkennbaren Anzeichen von jahrhundertelang fortgesetzter tendenziöser Umarbeitung und Überlagerung alle Bemühungen vereiteln müssen, den Kern von historischer Wahrheit dahinter ans Licht zu bringen. Ich selbst teile diese ablehnende Einstellung nicht, aber ich bin auch nicht imstande, sie zurückzuweisen.

Wenn nicht mehr Sicherheit zu erreichen war, warum habe ich diese Untersuchung überhaupt zur Kenntnis der Öffentlichkeit gebracht? Ich bedauere es, daß auch meine Rechtfertigung nicht über Andeutungen hinausgehen kann. Läßt man sich nämlich von den beiden hier angeführten Argumenten fortreißen und versucht, Ernst zu machen mit der Annahme, daß Moses ein vornehmer Ägypter war, so ergeben sich sehr interessante und weitreichende Perspektiven. Mit Hilfe gewisser, nicht weit abliegender Annahmen glaubt man die Motive zu verstehen, die Moses bei seinem ungewöhnlichen Schritt geleitet haben, und in engem Zusammenhang damit erfaßt man die mögliche Begründung von zahlreichen Charakteren und Besonderheiten der Gesetzgebung und der Religion, die er dem Volke der Juden gegeben hat, und wird selbst zu bedeutsamen Ansichten über die Entstehung der monotheistischen Religionen im allgemeinen angeregt. Allein Aufschlüsse so wichtiger Art kann man nicht allein auf psychologische Wahrscheinlichkeiten gründen. Wenn man das Ägyptertum Moses' als den einen historischen Anhalt gelten läßt, so bedarf man zum mindesten noch eines zweiten festen Punktes, um die Fülle der auftauchenden Möglichkeiten gegen die Kritik zu schützen, sie seien Erzeugnis der Phantasie und zu weit von der Wirklichkeit entfernt. Ein objektiver Nachweis, in welche Zeit das Leben Moses' und damit der Auszug aus

Ägypten fällt, hätte etwa dem Bedürfnis genügt. Aber ein solcher fand sich nicht, und darum soll die Mitteilung aller weiteren Schlüsse aus der Einsicht, daß Moses ein Ägypter war, besser unterbleiben.

II – Wenn Moses ein Ägypter war...

In einem früheren Beitrag zu dieser Zeitschrift habe ich die Vermutung, daß der Mann *Moses*, der Befreier und Gesetzgeber des jüdischen Volkes, kein Jude, sondern ein Ägypter war, durch ein neues Argument zu bekräftigen versucht. Daß sein Name aus dem ägyptischen Sprachschatz stammt, war längst bemerkt, wenn auch nicht entsprechend gewürdigt worden; ich habe hinzugefügt, daß die Deutung des an Moses geknüpften Aussetzungsmythus zum Schluß nötige, er sei ein Ägypter gewesen, den das Bedürfnis eines Volkes zum Juden machen wollte. Am Ende meines Aufsatzes habe ich gesagt, daß sich wichtige und weittragende Folgerungen aus der Annahme ableiten, daß Moses ein Ägypter gewesen sei; ich sei aber nicht bereit, öffentlich für diese einzutreten, denn sie ruhen nur auf psychologischen Wahrscheinlichkeiten und entbehren eines objektiven Beweises. Je bedeutsamer die so gewonnenen Einsichten sind, desto stärker verspüre man die Warnung, sie nicht ohne sichere Begründung dem kritischen Angriff der Umwelt auszusetzen, gleichsam wie ein ehernes Bild auf tönernen Füßen. Keine noch so verführerische Wahrscheinlichkeit schütze vor Irrtum; selbst wenn alle Teile eines Problems sich einzuordnen scheinen wie die Stücke eines Zusammenlegspieles, müßte man daran denken, daß das Wahrscheinliche nicht notwendig das Wahre sei und die Wahrheit nicht immer wahrscheinlich. Und endlich sei es nicht verlockend, den Scholastikern und Talmudisten angereiht zu werden, die es befriedigt, ihren Scharfsinn spielen zu lassen, gleichgültig dagegen, wie fremd der Wirklichkeit ihre Behauptung sein mag.

Ungeachtet dieser Bedenken, die heute so schwer wiegen wie damals, ist aus dem Widerstreit meiner Motive der Entschluß hervorgegangen, auf jene erste Mitteilung diese Fortsetzung folgen zu lassen. Aber es ist wiederum nicht das Ganze und nicht das wichtigste Stück des Ganzen.

(1)

Wenn also Moses ein Ägypter war – so ist der erste Gewinn aus dieser Annahme eine neue, schwer zu beantwortende Rätselfrage. Wenn ein Volk oder ein sich zu einer großen Unternehmung anschickt, so ist nichts anderes zu erwarten, als daß einer von den Volksgenossen sich zum Führer aufwirft oder zu dieser Rolle durch Wahl bestimmt wird. Aber was einen vornehmen Ägypter – vielleicht Prinz, Priester, hoher Beamter – bewegen sollte, sich an die Spitze eines Haufens von eingewanderten, kulturell rückständigen Fremdlingen zu stellen und mit ihnen das Land zu verlassen, das ist nicht leicht zu erraten. Die bekannte Verachtung des Ägypters für ein ihm fremdes Volkstum macht einen solchen Vorgang besonders unwahrscheinlich. Ja, ich möchte glauben, gerade darum haben selbst Historiker, die den Namen als ägyptisch erkannten und dem Mann alle Weisheit Ägyptens zuschrieben, die naheliegende Möglichkeit nicht aufnehmen wollen, daß Moses ein Ägypter war.

Zu dieser ersten Schwierigkeit kommt bald eine zweite hinzu. Wir dürfen nicht vergessen, daß Moses nicht nur der politische Führer der in Ägypten ansässigen Juden war, er war auch ihr Gesetzgeber, Erzieher und zwang sie in den Dienst einer neuen Religion, die noch heute nach ihm die mosaische genannt wird. Aber kommt ein einzelner Mensch so leicht dazu, eine neue Religion zu schaffen? Und wenn jemand die Religion eines anderen beeinflussen will, ist es nicht das natürlichste, daß er ihn zu seiner eigenen Religion bekehrt? Das Judenvolk in Ägypten war sicherlich nicht ohne irgendeine Form von Religion, und wenn Moses, der ihm eine neue gegeben, ein Ägypter war, so ist die Vermutung nicht abzuweisen, daß die andere, neue Religion die ägyptische war.

Dieser Möglichkeit steht etwas im Wege: die Tatsache des schärfsten Gegensatzes zwischen der auf Moses zurückgeführten jüdischen Religion und der ägyptischen. Die erstere ein großartig starrer Monotheismus; es gibt nur einen Gott, er ist einzig, allmächtig, unnahbar; man verträgt seinen Anblick nicht, darf sich kein Bild von ihm machen, nicht einmal seinen Namen aussprechen. In der ägyptischen Religion eine kaum übersehbare Schar von Gottheiten verschiedener Würdigkeit und Herkunft, einige Personifikationen von großen Naturmächten wie Himmel und Erde, Sonne und Mond, auch einmal eine Abstraktion wie die Maat (Wahrheit, Gerechtigkeit) oder eine Fratze wie der zwerghafte Bes, die meisten aber Lokalgötter aus der Zeit, da das Land in zahlreiche Gaue zerfallen war, tiergestaltig, als hätten sie die Entwicklung aus den alten Totemtieren noch nicht überwunden, unscharf voneinander unterschieden, kaum daß einzelnen besondere Funktionen zugewiesen sind. Die Hymnen zu Ehren dieser Götter sagen ungefähr von jedem das nämliche aus, identifizieren sie miteinander ohne Bedenken in einer Weise, die uns hoffnungslos verwirren würde. Götternamen werden miteinander kombiniert, so daß der eine fast zum Beiwort des anderen herabsinkt; so heißt in der Blütezeit des „Neuen Reiches" der Hauptgott der Stadt Theben Amon-Re, in welcher Zusammensetzung der erste Teil den widderköpfigen Stadtgott bedeutet, während Re der Name des sperberköpfigen Sonnengottes von On ist. Magische und Zeremoniellhandlungen, Zaubersprüche und Amulette beherrschten den Dienst dieser Götter wie das tägliche Leben des Ägypters.

Manche dieser Verschiedenheiten mögen sich leicht aus dem prinzipiellen Gegensatz eines strengen Monotheismus zu einem uneingeschränkten Polytheismus ableiten. Andere sind offenbar Folgen des Unterschieds im geistigen Niveau, da die eine Religion primitiven Phasen sehr nahesteht, die andere sich zu den Höhen sublimer Abstraktion aufgeschwungen hat. Auf diese beiden Momente mag es zurückgehen, wenn man gelegentlich den Eindruck empfängt, der Gegensatz zwischen der mosaischen und der ägyptischen Religion sei ein gewollter und absichtlich verschärfter; z. B. wenn die eine jede Art von Magie und Zauberwesen aufs strengste verdammt, die doch in der anderen aufs üppigste wuchern. Oder wenn der unersättlichen Lust der Ägypter, ihre Götter in Ton, Stein und Erz zu verkörpern, der heute unsere Museen so viel verdanken, das rauhe Verbot entgegengestellt wird, irgendein lebendes oder gedachtes Wesen in einem Bildnis darzustellen. Aber es gibt noch einen anderen Gegensatz zwischen beiden Religionen, der durch die von uns versuchten Erklärungen nicht getroffen wird. Kein anderes Volk des Altertums hat soviel getan, um den Tod zu verleugnen, hat so peinlich vorgesorgt, eine Existenz im Jenseits zu ermöglichen, und dementsprechend war der Totengott Osiris, der Beherrscher dieser anderen Welt, der populärste und unbestrittenste aller ägyptischen Götter. Die altjüdische Religion hingegen hat auf die Unsterblichkeit voll verzichtet; der Möglichkeit einer Fortsetzung der Existenz nach dem Tode wird nirgends und niemals Erwähnung getan. Und dies ist um so merkwürdiger, als ja spätere Erfahrungen gezeigt haben, daß der Glaube an ein jenseitiges Dasein mit einer monotheistischen Religion sehr gut vereinbart werden kann.

Wir hatten gehofft, die Annahme, Moses sei ein Ägypter gewesen, werde sich nach verschiedenen Richtungen als fruchtbar und aufklärend erweisen. Aber unsere erste Folgerung aus dieser Annahme, die neue Religion, die er den Juden gegeben, sei seine eigene, die ägyptische gewesen, ist an der Einsicht in die Verschiedenheit, ja Gegensätzlichkeit der beiden Religionen gescheitert.

(2)

Eine merkwürdige Tatsache der ägyptischen Religionsgeschichte, die erst spät erkannt und gewürdigt worden ist, eröffnet uns noch eine Aussicht. Es bleibt möglich, daß die Religion, die Moses seinem Judenvolke gab, doch seine eigene war, *eine* ägyptische Religion, wenn auch nicht *die* ägyptische.

In der glorreichen 18ten Dynastie, unter der Ägypten zuerst ein Weltreich wurde, kam um das Jahr 1375 v. Chr. ein junger Pharao auf den Thron, der zuerst Amenhotep (IV.) hieß wie sein Vater, später aber seinen Namen änderte, und nicht bloß seinen Namen. Dieser König unternahm es, seinen Ägyptern eine neue Religion aufzudrängen, die ihren jahrtausendealten Traditionen und all ihren vertrauten Lebensgewohnheiten zuwiderlief. Es war ein strenger Monotheismus, der erste Versuch dieser Art in der Weltgeschichte, soweit unsere Kenntnis reicht, und mit dem Glauben an einen einzigen Gott wurde wie unvermeidlich die religiöse Intoleranz geboren, die dem Altertum vorher – und noch lange nachher – fremd geblieben. Aber die Regierung Amenhoteps dauerte nur 17 Jahre; sehr bald nach seinem 1358 erfolgten Tode war die neue Religion hinweggefegt, das Andenken des ketzerischen Königs geächtet worden. Aus dem Trümmerfeld der neuen Residenz, die er erbaut und seinem Gott geweiht hatte, und aus den Inschriften in den zu ihr gehörigen Felsgräbern rührt das wenige her, was wir über ihn wissen. Alles, was wir über diese merkwürdige, ja einzigartige Persönlichkeit erfahren können, ist des höchsten Interesses würdig.

Alles Neue muß seine Vorbereitungen und Vorbedingungen in Früherem haben. Die Ursprünge des ägyptischen Monotheismus lassen sich mit einiger Sicherheit ein Stück weit zurückverfolgen. In der Priesterschule des Sonnentempels zu On (Heliopolis) waren seit längerer Zeit Tendenzen tätig, um die Vorstellung eines universellen Gottes zu entwickeln und die ethische Seite seines Wesens zu betonen. Maat, die Göttin der Wahrheit, Ordnung, Gerechtigkeit war eine Tochter des Sonnengottes Re. Schon unter Amenhotep III., dem Vater und Vorgänger des Reformators, nahm die Verehrung des Sonnengottes einen neuen Aufschwung, wahrscheinlich in Gegnerschaft zum übermächtig gewordenen Amon von Theben. Ein uralter Name des Sonnengottes Aton oder Atum wurde neu hervorgeholt, und in dieser *Atonreligion* fand der junge König eine Bewegung vor, die er nicht erst zu erwecken brauchte, der er sich anschließen konnte.

Die politischen Verhältnisse Ägyptens hatten um diese Zeit begonnen, die ägyptische Religion nachhaltig zu beeinflussen. Durch die Waffentaten des großen Eroberers Thotmes III. war Ägypten eine Weltmacht geworden, im Süden war Nubien, im Norden Palästina, Syrien und ein Stück von Mesopotamien zum Reich hinzugekommen. Dieser Imperialismus spiegelte sich nun in der Religion als Universalismus und Monotheismus. Da die Fürsorge des Pharao jetzt außer Ägypten auch Nubien und Syrien umfaßte, mußte auch die Gottheit ihre nationale Beschränkung aufgeben, und wie der Pharao der einzige und unumschränkte Herrscher der dem Ägypter bekannten Welt war, so mußte wohl auch die neue Gottheit der Ägypter werden. Zudem war es natürlich, daß mit der Erweiterung der Reichsgrenzen Ägypten für ausländische Einflüsse zugänglicher wurde; manche der königlichen Frauen waren asiatische Prinzessinnen, und möglicherweise waren selbst direkte Anregungen zum Monotheismus aus Syrien eingedrungen.

Amenhotep hat seinen Anschluß an den Sonnenkult von On niemals verleugnet. In den zwei Hymnen an den Aton, die uns durch die Inschriften in den Felsgräbern erhalten geblieben sind und wahrscheinlich von ihm selbst gedichtet wurden, preist er die Sonne als Schöpfer und Erhalter alles Lebenden in und außerhalb Ägyptens mit einer Inbrunst, wie sie erst viele Jahrhunderte später in den Psalmen zu Ehren des jüdischen Gottes Jahve wiederkehrt. Er begnügte sich aber nicht mit dieser erstaunlichen Vorwegnahme der wissenschaftlichen Erkenntnis von der Wirkung der Sonnenstrahlung. Es ist kein Zweifel, daß er einen Schritt weiter ging, daß er die Sonne nicht als materielles Objekt verehrte, sondern als Symbol eines göttlichen Wesens, dessen Energie sich in ihren Strahlen kundgab.

Wir werden dem König aber nicht gerecht, wenn wir ihn nur als den Anhänger und Förderer einer schon vor ihm bestehenden Atonreligion betrachten. Seine Tätigkeit war weit eingreifender. Er brachte etwas Neues hinzu, wodurch die Lehre vom universellen Gott erst zum Monotheismus wurde, das Moment der Ausschließlichkeit. In einer seiner Hymnen wird es direkt ausgesagt: „O Du einziger Gott, neben dem kein anderer ist. Und wir wollen nicht vergessen, daß für die Würdigung der neuen Lehre die Kenntnis ihres positiven Inhalts allein nicht genügt; beinahe ebenso wichtig ist ihre negative Seite, die Kenntnis dessen, was sie verwirft. Es wäre auch irrtümlich anzunehmen, daß die neue Religion mit einem Schlage fertig und voll gerüstet ins Leben gerufen wurde wie Athene aus dem Haupt des Zeus. Vielmehr spricht alles dafür, daß sie während der Regierung Amenhoteps allmählich erstarkte zu immer größerer Klarheit, Konsequenz, Schroffheit und Unduldsamkeit. Wahrscheinlich vollzog sich diese Entwicklung unter dem Einfluß der heftigen Gegnerschaft, die sich unter den Priestern des Amon gegen die Reform des Königs erhob. Im sechsten Jahre der Regierung Amenhoteps war die Verfeindung so weit gediehen, daß der König seinen Namen änderte, von dem der nun verpönte Gottesname Amon ein Teil war. Er nannte sich anstatt *Amenhotep* jetzt *Ikhnaton*. Aber nicht nur aus seinem Namen tilgte er den des verhaßten Gottes aus, sondern auch aus allen Inschriften und selbst dort, wo er sich im Namen seines Vaters Amenhotep III. fand. Bald nach der Namensänderung verließ Ikhnaton das von Amon beherrschte Theben und erbaute sich stromabwärts eine neue Residenz, die er Akhetaton (Horizont des Aton) nannte. Ihre Trümmerstätte heißt heute Tell-el-Amarna.

Die Verfolgung des Königs traf Amon am härtesten, aber nicht ihn allein. Überall im Reiche wurden die Tempel geschlossen, der Gottesdienst untersagt, die Tempelgüter beschlagnahmt. Ja, der Eifer des Königs ging so weit, daß er die alten Denkmäler untersuchen ließ, um das Wort „Gott" in ihnen auszumerzen, wenn es in der Mehrzahl gebraucht war. Es ist nicht zu verwundern, daß diese Maßnahmen Ikhnatons eine Stimmung fanatischer Rachsucht bei der unterdrückten Priesterschaft und beim unbefriedigten Volk hervorriefen, die sich nach des Königs Tode frei betätigen konnte. Die Atonreligion war nicht populär geworden, war wahrscheinlich auf einen kleinen Kreis um seine Person beschränkt geblieben. Der Ausgang Ikhnatons bleibt für uns in Dunkel gehüllt. Wir hören von einigen kurzlebigen, schattenhaften Nachfolgern aus seiner Familie. Schon sein Schwiegersohn Tutankhaton wurde genötigt, nach Theben zurückzukehren und in seinem Namen den Gott Aton durch Amon zu ersetzen. Dann folgte eine Zeit der Anarchie, bis es dem Feldherrn Haremhab 1350 gelang, die Ordnung wiederherzustellen. Die glorreiche 18te Dynastie war erloschen, gleichzeitig deren Eroberungen in Nubien und Asien verlorengegangen. In dieser trüben Zwischenzeit waren die alten Religionen Ägyptens wieder eingesetzt worden. Die Atonreligion war abgetan, die Residenz Ikhnatons zerstört und geplündert, sein Andenken als das eines Verbrechers geächtet.

Es dient einer bestimmten Absicht, wenn wir nun einige Punkte aus der negativen Charakteristik der Atonreligion herausheben. Zunächst, daß alles Mythische, Magische und Zauberische von ihr ausgeschlossen ist. Sodann die Art der Darstellung des Sonnengottes, nicht mehr wie in früher Zeit durch eine kleine Pyramide und einen Falken, sondern, was beinahe nüchtern zu nennen ist, durch eine runde Scheibe, von der Strahlen ausgehen, die in menschlichen Händen endigen. Trotz aller Kunstfreudigkeit der Amarnaperiode ist eine andere Darstellung des Sonnengottes, ein persönliches Bild des Aton, nicht gefunden worden, und man darf es zuversichtlich sagen, es wird nicht gefunden werden.

Endlich das völlige Schweigen über den Totengott Osiris und das Totenreich. Weder die Hymnen noch die Grabinschriften wissen etwas von dem, was dem Herzen des Ägypters vielleicht am nächsten lag. Der Gegensatz zur Volksreligion kann nicht deutlicher veranschaulicht.

(3)

Wir möchten jetzt den Schluß wagen: Wenn Moses ein Ägypter war und wenn er den Juden seine eigene Religion übermittelte, so war es die des Ikhnaton, die Atonreligion.

Wir haben vorhin die jüdische Religion mit der ägyptischen Volksreligion verglichen und die Gegensätzlichkeit zwischen beiden festgestellt. Nun sollen wir einen Vergleich der jüdischen mit der Atonreligion anstellen, in der Erwartung, die ursprüngliche Identität der beiden zu erweisen. Wir wissen, daß uns keine leichte Aufgabe gestellt ist. Von der Atonreligion wissen wir dank der Rachsucht der Amonpriester vielleicht zu wenig. Die mosaische Religion kennen wir nur in einer Endgestaltung, wie sie etwa 800 Jahre später in nachexilischer Zeit von der jüdischen Priesterschaft fixiert wurde. Sollten wir trotz dieser Ungunst des Materials einzelne Anzeichen finden, die unserer Annahme günstig sind, so werden wir sie hoch einschätzen dürfen.

Es gäbe einen kurzen Weg zum Erweis unserer These, daß die mosaische Religion nichts anderes ist als die des Aton, nämlich über ein Geständnis, eine Proklamation. Aber ich fürchte, man wird uns sagen, daß dieser Weg nicht gangbar ist. Das jüdische Glaubensbekenntnis lautet bekanntlich: „Schema Jisroel Adonai Elohenu Adonai Echod." Wenn der Name des ägyptischen Aton (oder Atum) nicht nur zufällig an das hebräische Wort Adonai und den syrischen Gottesnamen Adonis anklingt, sondern infolge urzeitlicher Sprach- und Sinngemeinschaft, so könnte man jene jüdische Formel übersetzen: „Höre Israel, unser Gott Aton (Adonai) ist ein einziger Gott." Ich bin leider völlig inkompetent, um diese Frage zu beantworten, konnte auch nur wenig darüber in der Literatur finden, aber wahrscheinlich darf man es sich nicht so leicht machen. Übrigens werden wir auf die Probleme des Gottesnamens noch einmal zurückkommen müssen.

Die Ähnlichkeiten wie die Verschiedenheiten der beiden Religionen sind leicht ersichtlich, ohne uns viel Aufklärung zu bringen. Beide sind Formen eines strengen Monotheismus, und man wird von vornherein geneigt sein, was an ihnen Übereinstimmung ist, auf diesen Grundcharakter zurückzuführen. Der jüdische Monotheismus benimmt sich in manchen Punkten noch schroffer als der ägyptische, z. B. wenn er bildliche Darstellungen überhaupt verbietet. Der wesentlichste Unterschied zeigt sich – vom Gottesnamen abgesehen – darin, daß die jüdische Religion völlig von der Sonnenverehrung abgeht, an die sich die ägyptische noch angelehnt hatte. Beim Vergleich mit der ägyptischen Volksreligion hatten wir den Eindruck empfangen, daß außer dem prinzipiellen Gegensatz ein Moment von absichtlichem Widerspruch an der Verschiedenheit der beiden Religionen beteiligt wäre. Dieser Eindruck erscheint nun als berechtigt, wenn wir im Vergleich die jüdische durch die Atonreligion ersetzen, die Ikhnaton, wie wir wissen, in absichtlicher Feindseligkeit gegen die Volksreligion entwickelt hat. Wir hatten uns mit Recht darüber verwundert, daß die jüdische Religion vom Jenseits und vom Leben nach dem Tode nichts wissen will, denn eine solche Lehre wäre mit dem strengsten Monotheismus vereinbar. Diese Verwunderung schwindet, wenn wir von der jüdischen auf die Atonreligion zurückgehen und annehmen, daß diese Ablehnung von dort her übernommen worden ist, denn für Ikhnaton war sie eine Notwendigkeit bei der Bekämpfung der Volksreligion, in der der Totengott Osiris eine vielleicht größere Rolle spielte als irgendein Gott der Oberwelt. Die Übereinstimmung der jüdischen mit der Atonreligion in diesem wichtigen Punkte ist das erste starke Argument zugunsten unserer These. Wir werden hören, daß es nicht das einzige ist.

Moses hat den Juden nicht nur eine neue Religion gegeben; man kann auch mit gleicher Bestimmtheit behaupten, daß er die Sitte der Beschneidung bei ihnen eingeführt hat. Diese Tatsache hat eine entscheidende Bedeutung für unser Problem und ist kaum je gewürdigt worden. Der biblische Bericht widerspricht ihr zwar mehrfach, er führt einerseits die Beschneidung in die Urväterzeit zurück als Zeichen des Bundes zwischen Gott und Abraham, anderseits erzählt er an einer ganz besonders dunkeln Stelle, daß Gott Moses zürnte, weil er den geheiligten Gebrauch vernachlässigt hatte, daß er ihn darum töten wollte und daß Moses' Ehefrau, eine Midianiterin, den bedrohten Mann durch rasche Ausführung der Operation vor Gottes Zorn rettete. Aber dies sind Entstellungen, die uns nicht irremachen dürfen; wir werden später Einsicht in ihre Motive gewinnen. Es bleibt bestehen, daß es auf die Frage, woher die Sitte der Beschneidung zu den Juden kam, nur eine Antwort gibt: aus Ägypten. Herodot, der „Vater der Geschichte", teilt uns mit, daß die Sitte der Beschneidung in Ägypten seit langen Zeiten heimisch war, und seine Angaben sind durch die Befunde an Mumien, ja durch Darstellungen an den Wänden von Gräbern bestätigt worden. Kein anderes Volk des östlichen Mittelmeeres hat, soviel wir wissen, diese Sitte geübt; von den Semiten, Babyloniern, Sumerern ist es sicher anzunehmen, daß sie unbeschnitten waren. Von den Einwohnern Kanaans sagt es die biblische Geschichte selbst; es ist die Voraussetzung für den Ausgang des Abenteuers der Tochter Jakobs mit dem Prinzen von Sichem. Die Möglichkeit, daß die in Ägypten weilenden Juden die Sitte der Beschneidung auf anderem Wege angenommen haben als im Zusammenhange mit der Religionsstiftung Moses', dürfen wir als völlig haltlos abweisen. Nun halten wir fest, daß die Beschneidung als allgemeine Volkssitte in Ägypten geübt wurde, und nehmen für einen Augenblick die gebräuchliche Annahme hinzu, daß Moses ein Jude war, der seine Volksgenossen vom ägyptischen Frondienst befreien, sie zur Entwicklung einer selbständigen und selbstbewußten nationalen Existenz außer Landes führen wollte – wie es ja wirklich geschah –, welchen Sinn konnte es haben, daß er ihnen zur gleichen Zeit eine beschwerliche Sitte aufdrängte, die sie gewissermaßen selbst zu Ägyptern machte, die ihre Erinnerung an Ägypten immer wachhalten mußte, während sein Streben doch nur aufs Gegenteil gerichtet sein konnte, daß sein Volk sich dem Lande der Knechtschaft entfremden und die Sehnsucht nach den „Fleischtöpfen Ägyptens" überwinden sollte? Nein, die Tatsache, von der wir ausgingen, und die Annahme, die wir an sie anfügten, sind so unvereinbar miteinander, daß man den Mut zu einer Schlußfolge findet: Wenn Moses den Juden nicht nur eine neue Religion, sondern auch das Gebot der Beschneidung gab, so war er kein Jude, sondern ein Ägypter, und dann war die mosaische Religion wahrscheinlich eine ägyptische, und zwar wegen des Gegensatzes zur Volksreligion die Religion des Aton, mit der die spätere jüdische Religion auch in einigen bemerkenswerten Punkten übereinstimmt.

Wir haben bemerkt, daß unsere Annahme, Moses sei kein Jude, sondern ein Ägypter, ein neues Rätsel schafft. Die Handlungsweise, die beim Juden leicht verständlich schien, wird beim Ägypter unbegreiflich. Wenn wir aber Moses in die Zeit des Ikhnaton versetzen und in Beziehung zu diesem Pharao bringen, dann schwindet dieses Rätsel, und es enthüllt sich die Möglichkeit einer Motivierung, die alle unsere Fragen beantwortet. Gehen wir von der Voraussetzung aus, daß Moses ein vornehmer und hochstehender Mann war, vielleicht wirklich ein Mitglied des königlichen Hauses, wie die Sage von ihm behauptet. Er war gewiß seiner großen Fähigkeiten bewußt, ehrgeizig und tatkräftig; vielleicht schwebte ihm selbst das Ziel vor, eines Tages das Volk zu leiten, das Reich zu beherrschen. Dem Pharao nahe, war er ein überzeugter Anhänger der neuen Religion, deren Grundgedanken er sich zu eigen gemacht hatte. Mit dem Tod des Königs und dem Einsetzen der Reaktion sah er all seine Hoffnungen und Aussichten zerstört; wenn er seine ihm teuren Überzeugungen nicht abschwören wollte, hatte ihm Ägypten nichts mehr zu bieten, er hatte sein Vaterland verloren. In dieser Notlage fand er einen ungewöhnlichen Ausweg. Der Träumer Ikhnaton hatte sich seinem Volk entfremdet und hatte sein Weltreich zerbröckeln lassen. Moses' energischer Natur entsprach der Plan, ein neues Reich zu gründen, ein neues Volk zu finden, dem er die von Ägypten verschmähte Religion zur Verehrung schenken wollte. Es war, wie man erkennt, ein heldenhafter Versuch, das Schicksal zu bestreiten, sich nach zwei Richtungen zu entschädigen für die Verluste, die ihm die Katastrophe Ikhnatons gebracht hatte. Vielleicht war er zur Zeit Statthalter jener Grenzprovinz (Gosen), in der sich (noch zur Zeit der Hyksos?) gewisse semitische Stämme niedergelassen hatten. Diese wählte er aus, daß sie sein neues Volk sein sollten. Eine weltgeschichtliche Entscheidung! Er setzte sich mit ihnen ins Einvernehmen, stellte sich an ihre Spitze, besorgte ihre Abwanderung „mit starker Hand". In vollem Gegensatz zur biblischen Tradition sollte man annehmen, daß sich dieser Auszug friedlich und ohne Verfolgung vollzog. Die Autorität Moses' ermöglichte ihn, und eine Zentralgewalt, die ihn hätte verhindern wollen, war damals nicht vorhanden.

Zufolge dieser unserer Konstruktion würde der Auszug aus Ägypten in die Zeit zwischen 1358 und 1350 fallen, d. h. nach dem Tode Ikhnatons und *vor* der Herstellung der staatlichen Autorität durch Haremhab. Das Ziel der Wanderung konnte nur das Land Kanaan sein. Dort waren nach dem Zusammenbruch der ägyptischen Herrschaft Scharen von kriegerischen Aramäern eingebrochen, erobernd und plündernd, und hatten so gezeigt, wo ein tüchtiges Volk sich neuen Landbesitz holen konnte. Wir kennen diese Krieger aus den Briefen, die

1887 im Archiv der Ruinenstadt Amarna gefunden wurden. Sie werden dort *Habiru* genannt, und der Name ist, man weiß nicht wie, auf die später kommenden jüdischen Eindringlinge – *Hebräer* – übergegangen, die in den Amarnabriefen nicht gemeint sein können. Südlich von Palästina – in Kanaan – wohnten auch jene Stämme, die die nächsten Verwandten der jetzt aus Ägypten ausziehenden Juden waren. Die Motivierung, die wir für das Ganze des Auszugs erraten haben, deckt auch die Einsetzung der Beschneidung. Man weiß, in welcher Weise sich die Menschen, Völker wie Einzelne, zu diesem uralten, kaum mehr verstandenen Gebrauch verhalten. Denjenigen, die ihn nicht üben, erscheint er sehr befremdlich, und sie grausen sich ein wenig davor – die anderen aber, die die Beschneidung angenommen haben, sind stolz darauf. Sie fühlen sich durch sie erhöht, wie geadelt, und schauen verächtlich auf die anderen herab, die ihnen als unrein gelten. Noch heute beschimpft der Türke den Christen als „unbeschnittenen Hund". Es ist glaublich, daß Moses, der als Ägypter selbst beschnitten war, diese Einstellung teilte. Die Juden, mit denen er das Vaterland verließ, sollten ihm ein besserer Ersatz für die Ägypter sein, die er im Lande zurückließ. Auf keinen Fall durften sie hinter diesen zurückstehen. Ein „geheiligtes Volk" wollte er aus ihnen machen, wie noch ausdrücklich im biblischen Text gesagt wird, und als Zeichen solcher Weihe führte er auch bei ihnen die Sitte ein, die sie den Ägyptern mindestens gleichstellte. Auch konnte es ihm nur willkommen sein, wenn sie durch ein solches Zeichen isoliert und von der Vermischung mit den Fremdvölkern abgehalten wurden, zu denen ihre Wanderung sie führen sollte, ähnlich wie die Ägypter selbst sich von allen Fremden abgesondert hatten.

Wir wollen natürlich Parallelen hiezu aus dem Leben des indischen Volkes nicht vergessen. Wer hat es übrigens dem jüdischen Dichter H. Heine im 19. Jahrhundert n. Chr. eingegeben, seine Religion zu beklagen als „die aus dem Niltal mitgeschleppte Plage, den altägyptisch ungesunden Glauben"?

Die jüdische Tradition aber benahm sich später, als wäre sie durch die Schlußfolge bedrückt, die wir vorhin entwickelt haben. Wenn man zugestand, daß die Beschneidung eine ägyptische Sitte war, die Moses eingeführt hatte, so war das beinahe so viel wie eine Anerkennung, daß die Religion, die Moses ihnen überliefert, auch eine ägyptische gewesen war. Aber man hatte gute Gründe, diese Tatsache zu verleugnen; folglich mußte man auch dem Sachverhalt in betreff der Beschneidung widersprechen.

(4)

An dieser Stelle erwarte ich den Vorwurf, daß ich meine Konstruktion, die Moses, den Ägypter, in die Zeit von Ikhnaton versetzt, seinen Entschluß, sich des Judenvolkes anzunehmen, aus den derzeitigen politischen Zuständen im Lande ableitet, die Religion, die er seinen Schützlingen schenkt oder auferlegt, als die des Aton erkennt, die eben in Ägypten selbst zusammengebrochen war, daß ich diesen Aufbau von Mutmaßungen also mit allzugroßer, im Material nicht begründeter Bestimmtheit vorgetragen habe. Ich meine, der Vorwurf ist unberechtigt. Ich habe das Moment des Zweifels bereits in der Einleitung betont, es gleichsam vor die Klammer gesetzt, und durfte es mir dann ersparen, es bei jedem Posten innerhalb der Klammer zu wiederholen.

Einige meiner eigenen kritischen Bemerkungen dürfen die Erörterung fortsetzen. Das Kernstück unserer Aufstellung, die Abhängigkeit des jüdischen Monotheismus von der monotheistischen Episode in der Geschichte Ägyptens, ist von verschiedenen Autoren geahnt und angedeutet worden. Ich erspare mir, diese Stimmen hier wiederzugeben, da keine von ihnen anzugeben weiß, auf welchem Weg sich diese Beeinflussung vollzogen haben kann. Bleibt sie für uns an die Person des Moses geknüpft, so sind auch dann andere Möglichkeiten als die von uns bevorzugte zu erwägen. Es ist nicht anzunehmen, daß der Sturz der offiziellen Atonreligion die monotheistische Strömung in Ägypten völlig zu Ende gebracht hat. Die Priesterschule in On, von der sie ausgegangen war, überstand die Katastrophe und mochte noch Generationen nach Ikhnaton in den Bann ihrer Gedankengänge ziehen. Somit ist die Tat des Moses denkbar, auch wenn er nicht zur Zeit Ikhnatons lebte und nicht dessen persönlichen Einfluß erfahren hatte, wenn er nur Anhänger oder gar Mitglied der Schule von On war. Diese Möglichkeit würde den Zeitpunkt des Auszugs verschieben und näher an das gewöhnlich angenommene Datum (im 13. Jahrhundert) heranrücken; sie hat aber sonst nichts, was sie empfiehlt. Die Einsicht in die Motive Moses' ginge verloren, und die Erleichterung des Auszugs durch die im Lande herrschende Anarchie fiele weg. Die nächsten Könige der 19ten Dynastie haben ein starkes Regiment geführt. Alle für den Auszug günstigen äußeren und inneren Bedingungen treffen nur in der Zeit unmittelbar nach dem Tode des Ketzerkönigs zusammen.

Die Juden besitzen eine reichhaltige außerbiblische Literatur, in der man die Sagen und Mythen findet, die sich im Verlauf der Jahrhunderte um die großartige Figur des ersten Führers und Religionsstifters gebildet, sie verklärt und verdunkelt haben. In diesem Material mögen Stücke guter Tradition versprengt sein, die in den fünf Büchern keinen Raum gefunden haben. Eine solche Sage schildert in ansprechender Weise, wie sich der Ehrgeiz des Mannes Moses schon in seiner Kindheit geäußert. Als ihn der Pharao einmal in die Arme nahm und im Spiele hochhob, riß ihm das dreijährige Knäblein die Krone vom Haupt und setzte sie seinem eigenen auf. Der König erschrak über dies Vorzeichen und versäumte nicht, seine Weisen darüber zu befragen. Ein andermal wird von siegreichen Kriegstaten erzählt, die er als ägyptischer Feldherr in Äthiopien vollführt, und daran geknüpft, daß er aus Ägypten floh, weil er den Neid einer Partei am Hofe oder des Pharao selbst zu fürchten hatte. Die biblische Darstellung selbst legt Moses einige Züge bei, denen man Glaubwürdigkeit zusprechen möchte. Sie beschreibt ihn als zornmütig, leicht aufbrausend, wie er in der Entrüstung den brutalen Aufseher erschlägt, der einen jüdischen Arbeiter mißhandelt, wie er in der Erbitterung über den Abfall des Volkes die Gesetzestafeln zerschmettert, die er vom Berge Gottes geholt, ja Gott selbst straft ihn am Ende wegen einer Tat der Ungeduld; es wird nicht gesagt, was sie war. Da eine solche Eigenschaft nicht der Verherrlichung dient, könnte sie historischer Wahrheit entsprechen. Man kann auch die Möglichkeit nicht abweisen, daß manche Charakterzüge, die die Juden in die frühe Vorstellung ihres Gottes eintrugen, indem sie ihn eifervoll, streng und unerbittlich hießen, im Grunde von der Erinnerung an Moses hergenommen waren, denn in Wirklichkeit hatte nicht ein unsichtbarer Gott, hatte der Mann Moses sie aus Ägypten herausgeführt.

Ein anderer ihm zugeschriebener Zug hat besonderen Anspruch auf unser Interesse. Moses soll „schwer von Sprache" gewesen sein, also eine Sprachhemmung oder einen Sprachfehler besessen haben, so daß er bei den angeblichen Verhandlungen mit dem Pharao der Unterstützung des Aaron bedurfte, der sein Bruder genannt wird. Das mag wiederum historische Wahrheit sein und wäre ein erwünschter Beitrag zur Belebung der Physiognomie des großen Mannes. Es kann aber auch eine andere und wichtigere Bedeutung haben. Der Bericht mag in leichter Entstellung der Tatsache gedenken, daß Moses ein Anderssprachiger war, der mit seinen semitischen Neu-Ägyptern nicht ohne Dolmetsch verkehren konnte, wenigstens nicht zu Anfang ihrer Beziehungen. Also eine neue Bestätigung der These: Moses war ein Ägypter.

Nun aber, scheint es, ist unsere Arbeit zu einem vorläufigen Ende gekommen. Aus unserer Annahme, daß Moses ein Ägypter war, sei sie erwiesen oder nicht, können wir zunächst nichts weiter ableiten. Den biblischen Bericht über Moses und den Auszug kann kein Historiker für anderes halten als für fromme Dichtung, die eine entlegene Tradition im Dienste ihrer eigenen Tendenzen umgearbeitet hat. Wie die Tradition ursprünglich gelautet hat, ist uns unbekannt; welches die entstellenden Tendenzen waren, möchten wir gern erraten, werden aber durch die Unkenntnis der historischen Vorgänge im Dunkel erhalten. Daß unsere Rekonstruktion für so manche Prunkstücke der biblischen Erzählung wie die zehn Plagen, den Durchzug durchs Schilfmeer, die feierliche Gesetzgebung am Berge Sinai, keinen Raum hat, dieser Gegensatz kann uns nicht beirren. Aber es kann uns nicht gleichgültig lassen, wenn wir finden, daß wir in Widerspruch zu den Ergebnissen der nüchternen Geschichtsforschung unserer Tage geraten sind.

Diese neueren Historiker, als deren Vertreter wir Ed. Meyer (1906) anerkennen mögen, schließen sich dem biblischen Bericht in einem entscheidenden Punkte an. Auch sie meinen, daß die jüdischen Stämme, aus denen später das Volk Israel hervorging, zu einem gewissen Zeitpunkt eine neue Religion angenommen haben. Aber dies Ereignis vollzog sich nicht in Ägypten, auch nicht am Fuße eines Berges auf der Sinaihalbinsel, sondern in einer Örtlichkeit, die Merîbat-Qadeš genannt wird, einer durch ihren Reichtum an Quellen und Brunnen ausgezeichneten Oase in dem Landstrich südlich von Palästina zwischen dem östlichen Ausgang der Sinaihalbinsel und dem Westrand von Arabien. Sie übernahmen dort die Verehrung eines Gottes Jahve, wahrscheinlich von dem arabischen Stamm der nahebei wohnenden Midianiter. Vermutlich waren auch andere Nachbarstämme Anhänger dieses Gottes.

Jahve war sicherlich ein Vulkangott. Nun ist Ägypten bekanntlich frei von Vulkanen, und auch die Berge der Sinaihalbinsel sind nie vulkanisch gewesen; dagegen finden sich Vulkane, die noch bis in späte Zeit tätig gewesen sein mögen, längs des Westrandes Arabiens. Einer dieser Berge muß also der Sinai-Horeb gewesen sein, den man sich als den Wohnsitz Jahves dachte. Trotz aller Umarbeitungen, die der biblische Bericht erlitten hat, läßt sich nach Ed. Meyer das ursprüngliche Charakterbild des Gottes rekonstruieren: Er ist ein unheimlicher, blutgieriger Dämon, der bei Nacht umgeht und das Tageslicht scheut.

Der Mittler zwischen Gott und Volk bei dieser Religionsstiftung wird Moses genannt. Er ist Schwiegersohn des midianitischen Priesters Jethro, hütete dessen Herden, als er die göttliche Berufung erfuhr. Er erhält auch in Qadeš den Besuch Jethros, der ihm Unterweisungen gibt.

Ed. Meyer sagt zwar, es sei ihm nie zweifelhaft gewesen, daß die Geschichte vom Aufenthalt in Ägypten und von der Katastrophe der Ägypter irgendeinen historischen Kern enthält, aber er weiß offenbar nicht, wie er die von ihm anerkannte Tatsache unterbringen und verwerten soll. Nur die Sitte der Beschneidung ist er bereit, von Ägypten abzuleiten. Er bereichert unsere frühere Argumentation durch zwei wichtige Hinweise. Erstens, daß Josua das Volk zur Beschneidung auffordert, „um das Höhnen der Ägypter von sich abzuwälzen", sodann durch das Zitat aus Herodot, daß die Phöniker (wohl die Juden) und die Syrer in Palästina selbst zugeben, die Beschneidung von den Ägyptern gelernt zu haben. Aber für einen ägyptischen Moses hat er wenig übrig. „Der Moses, den wir kennen, ist der Ahnherr der Priester von Qadeš, also eine mit dem Kultus in Beziehung stehende Gestalt der genealogischen Sage, nicht eine geschichtliche Persönlichkeit. Es hat denn auch (abgesehen von denen, die die Tradition in Bausch und Bogen als geschichtliche Wahrheit hinnehmen) noch niemand von denen, die ihn als eine geschichtliche Gestalt behandeln, ihn mit irgendwelchem Inhalt zu erfüllen, ihn als eine konkrete Individualität darzustellen oder etwas anzugeben gewußt, was er geschaffen hätte und was sein geschichtliches Werk wäre."

Dagegen wird er nicht müde, die Beziehung Moses' zu Qadeš und Midian zu betonen. „Die Gestalt des Moses, die mit Midian und den Kultusstätten in der Wüste eng verwachsen ist."

"Diese Gestalt des Mose ist nun mit Qadeš (Massa und Merîba) untrennbar verbunden, die Verschwägerung mit dem midianitischen Priester bildet die Ergänzung dazu. Die Verbindung mit dem Exodus dagegen und vollends die Jugendgeschichte sind durchaus sekundär und lediglich die Folge der Einfügung Moses' in eine zusammenhängend fortlaufende Sagengeschichte." Er verweist auch darauf, daß die in der Jugendgeschichte des Moses enthaltenen Motive später sämtlich fallengelassen werden. „Mose in Midian ist nicht mehr ein Ägypter und Enkel des Pharao, sondern ein Hirt, dem Jahve sich offenbart. In den Erzählungen von den Plagen ist von seinen alten Beziehungen nicht mehr die Rede, so leicht sie sich effektvoll hätten verwerten lassen, und der Befehl, die israelitischen Knaben zu töten, ist vollkommen vergessen. Bei dem Auszug und dem Untergang der Ägypter spielt Mose überhaupt keine Rolle, er wird nicht einmal genannt. Der Heldencharakter, den die Kindheitssage voraussetzt, fehlt dem späteren Mose gänzlich; er ist nur noch der Gottesmann, ein von Jahve mit übernatürlichen Kräften ausgestatteter Wundertäter ..."

Wir können den Eindruck nicht bestreiten, dieser Moses von Qadeš und Midian, dem die Tradition selbst die Aufrichtung einer ehernen Schlange als Heilgott zuschreiben durfte, ist ein ganz anderer als der von uns erschlossene großherrliche Ägypter, der dem Volk eine Religion eröffnete, in der alle Magie und Zauberei aufs strengste verpönt war. Unser ägyptischer Moses ist vom midianitischen Moses vielleicht nicht weniger verschieden als der universelle Gott Aton von dem auf dem Götterberg hausenden Dämon Jahve. Und wenn wir den Ermittlungen der neueren Historiker irgendein Maß von Glauben schenken, müssen wir uns eingestehen, daß der Faden, den wir von der Annahme her spinnen wollten, Moses sei ein Ägypter gewesen, nun zum zweiten Mal abgerissen ist. Diesmal, wie es scheint, ohne Hoffnung auf Wiederanknüpfung.

(5)

Unerwarteterweise findet sich auch hier ein Ausweg. Die Bemühungen, in Moses eine Gestalt zu erkennen, die über den Priester von Qadeš hinausreicht, und die Großartigkeit zu bestätigen, welche die Tradition an ihm rühmt, sind auch nach Ed. Meyer nicht zur Ruhe gekommen (Gressmann u. a.). Im Jahre 1922 hat dann Ed. Sellin eine Entdeckung gemacht, die unser Problem entscheidend beeinflußt. Er fand beim Propheten Hosea (zweite Hälfte des achten Jahrhunderts) die unverkennbaren Anzeichen einer Tradition, die zum Inhalt hat, daß der Religionsstifter Moses in einem Aufstand seines widerspenstigen und halsstarrigen Volkes ein gewaltsames Ende fand. Gleichzeitig wurde die von ihm eingesetzte Religion abgeworfen. Diese Tradition ist aber nicht auf Hosea beschränkt, sie kehrt bei den meisten späteren Propheten wieder, ja, sie ist nach Sellin die Grundlage aller späteren messianischen Erwartungen geworden. Am Ausgang des babylonischen Exils entwickelte sich im jüdischen Volke die Hoffnung, der so schmählich Gemordete werde von den Toten wiederkommen und sein reuiges Volk, vielleicht dieses nicht allein, in das Reich einer dauernden

Seligkeit führen. Die naheliegenden Beziehungen zum Schicksal eines späteren Religionsstifters liegen nicht auf unserem Weg.

Ich bin natürlich wiederum nicht in der Lage zu entscheiden, ob Sellin die prophetischen Stellen richtig gedeutet hat. Aber wenn er recht hat, so darf man der von ihm erkannten Tradition historische Glaubwürdigkeit zusprechen, denn solche Dinge erdichtet man nicht leicht. Es fehlt an einem greifbaren Motiv dafür; haben sie sich aber wirklich ereignet, so versteht sich leicht, daß man sie vergessen will. Wir brauchen nicht alle Einzelheiten der Tradition anzunehmen. Sellin meint, daß Schittim im Ostjordanland als der Schauplatz der Gewalttat an Moses bezeichnet wird. Wir werden bald erkennen, daß eine solche Lokalität für unsere Überlegungen unannehmbar ist.

Wir entlehnen von Sellin die Annahme, daß der ägyptische Moses von den Juden erschlagen, die von ihm eingeführte Religion aufgegeben wurde. Sie gestattet uns, unsere Fäden weiterzuspinnen, ohne glaubwürdigen Ergebnissen der historischen Forschung zu widersprechen. Aber wir wagen es, uns sonst unabhängig von den Autoren zu halten, selbständig „einherzutreten auf der eigenen Spur". Der Auszug aus Ägypten bleibt unser Ausgangspunkt. Es muß eine beträchtliche Anzahl von Personen gewesen sein, die mit Moses das Land verließ; ein kleiner Haufe hätte dem ehrgeizigen, auf Großes abzielenden Mann nicht der Mühe gelohnt. Wahrscheinlich hatten die Einwanderer lange genug im Lande geweilt, um sich zu einer ansehnlichen Volkszahl zu entwickeln. Aber wir werden gewiß nicht irren, wenn wir mit der Mehrzahl der Autoren annehmen, daß nur ein Bruchteil des späteren Judenvolkes die Schicksale in Ägypten erfahren hat. Mit anderen Worten, der aus Ägypten zurückgekehrte Stamm vereinigte sich später im Landstrich zwischen Ägypten und Kanaan mit anderen, verwandten Stämmen, die dort seit längerer Zeit ansässig gewesen waren. Ausdruck dieser Vereinigung, aus der das Volk Israel hervorging, war die Annahme einer neuen, allen Stämmen gemeinsamen Religion, der des Jahve, welches Ereignis sich nach Ed. Meyer unter midianitischem Einfluß in Qadeš vollzog. Darauf fühlte sich das Volk stark genug, seinen Einbruch in das Land Kanaan zu unternehmen. Mit diesem Hergang verträgt es sich nicht, daß die Katastrophe des Moses und seiner Religion im Ostjordanland vorfiel – sie muß lange vor der Vereinigung geschehen sein.

Es ist gewiß, daß recht verschiedene Elemente zum Aufbau des jüdischen Volkes zusammengetreten sind, aber den größten Unterschied unter diesen Stämmen muß es gemacht haben, ob sie den Aufenthalt in Ägypten, und was darauf folgte, miterlebt hatten oder nicht. Mit Rücksicht auf diesen Punkt kann man sagen, die Nation sei aus der Vereinigung von zwei Bestandteilen hervorgegangen, und dieser Tatsache entsprach es, daß sie auch nach einer kurzen Periode politischer Einheit in zwei Stücke, das Reich Israel und das Reich Juda, auseinanderbrach. Die Geschichte liebt solche Wiederherstellungen, in denen spätere Verschmelzungen rückgängig gemacht werden und frühere Trennungen wieder hervortreten. Das eindrucksvollste Beispiel dieser Art schuf bekanntlich die Reformation, als sie die Grenzlinie zwischen dem einst römisch gewesenen und dem unabhängig gebliebenen Germanien nach einem Intervall von mehr als einem Jahrtausend wieder zum Vorschein brachte. Für den Fall des jüdischen Volkes könnten wir eine so getreue Reproduktion des alten Tatbestands nicht erweisen; unsere Kenntnis dieser Zeiten ist zu unsicher, um die Behauptung zu gestatten, im Nordreich hätten sich die von jeher Ansässigen, im Südreich die aus Ägypten Zurückgekehrten wieder zusammengefunden, aber der spätere Zerfall kann auch hier nicht ohne Zusammenhang mit der früheren Verlötung gewesen sein. Die einstigen Ägypter waren wahrscheinlich in ihrer Volkszahl geringer als die anderen, aber sie erwiesen sich als die kulturell Stärkeren; sie übten einen mächtigeren Einfluß auf die weitere Entwicklung des Volkes, weil sie eine Tradition mitbrachten, die den anderen fehlte.

Vielleicht noch etwas anderes, was greifbarer war als eine Tradition. Zu den größten Rätseln der jüdischen Vorzeit gehört die Herkunft der Leviten. Sie werden von einem der zwölf Stämme Israels abgeleitet, vom Stamme Levi, aber keine Tradition hat anzugeben gewagt, wo dieser Stamm ursprünglich saß oder welches Stück des eroberten Landes Kanaan ihm zugewiesen war. Sie besetzen die wichtigsten Priesterposten, aber sie werden doch von den Priestern unterschieden, ein Levit ist nicht notwendig ein Priester; es ist nicht der Name einer Kaste. Unsere Voraussetzung über die Person des Moses legt uns eine Erklärung nahe. Es ist nicht glaubhaft, daß ein großer Herr wie der Ägypter Moses sich unbegleitet zu dem ihm fremden Volk begab. Er brachte gewiß sein Gefolge mit, seine nächsten Anhänger, seine Schreiber, sein Gesinde. Das waren ursprünglich die Leviten. Die Behauptung der Tradition, Moses war ein Levit, scheint eine durchsichtige Entstellung des Sachverhalts: Die Leviten waren die Leute des Moses. Diese Lösung wird durch die bereits in meinem früheren Aufsatz erwähnte Tatsache gestützt, daß einzig unter den Leviten später noch ägyptische Namen auftauchen. Es ist anzunehmen, daß eine gute Anzahl dieser Mosesleute der Katastrophe entging, die ihn selbst und seine Religionsstiftung traf. Sie vermehrten sich in den nächsten Generationen, verschmolzen mit dem Volke, in dem sie lebten, aber sie blieben ihrem Herrn treu, bewahrten das Andenken an ihn und pflegten die Tradition seiner Lehren. Zur Zeit der Vereinigung mit den Jahvegläubigen bildeten sie eine einflußreiche, den anderen kulturell überlegene Minorität.

Ich stelle es vorläufig als Annahme hin, daß zwischen dem Untergang des Moses und der Religionsstiftung in Qadeš zwei Generationen, vielleicht selbst ein Jahrhundert verlief. Ich sehe keinen Weg, um zu entscheiden, ob die Neo-Ägypter, wie ich sie hier zur Unterscheidung nennen möchte, die Rückkehrer also, mit ihren Stammverwandten zusammentrafen, nachdem diese bereits die Jahvereligion angenommen hatten oder schon vorher. Man mag das letztere für wahrscheinlicher halten. Für das Endergebnis macht es keinen Unterschied. Was in Qadeš vorging, war ein Kompromiß, an dem der Anteil der Mosesstämme unverkennbar ist.

Wir dürfen uns hier wiederum auf das Zeugnis der Beschneidung berufen, die uns wiederholt, als Leitfossil sozusagen, die wichtigsten Dienste geleistet hat. Diese Sitte wurde auch in der Jahvereligion Gebot, und da sie unlösbar mit Ägypten verknüpft ist, kann ihre Annahme nur eine Konzession an die Mosesleute gewesen sein, die – oder die Leviten unter ihnen – auf dies Zeichen ihrer Heiligung nicht verzichten wollten. Soviel wollten sie von ihrer alten Religion retten, und dafür waren sie bereit, die neue Gottheit anzunehmen und was die Midianpriester von ihr erzählten. Es ist möglich, daß sie noch andere Konzessionen durchsetzten. Wir haben bereits erwähnt, daß das jüdische Ritual gewisse Einschränkungen im Gebrauch des Gottesnamens vorschrieb. Anstatt „Jahve" mußte „Adonai" gesprochen werden. Es liegt nahe, diese Vorschrift in unseren Zusammenhang zu bringen, aber es ist eine Vermutung ohne weiteren Anhalt. Das Verbot des Gottesnamens ist bekanntlich ein uraltes Tabu. Warum es gerade in der jüdischen Gesetzgebung aufgefrischt wurde, versteht man nicht; es ist nicht ausgeschlossen, daß dies unter dem Einfluß eines neuen Motivs geschah. Man braucht nicht anzunehmen, daß das Verbot konsequent durchgeführt wurde; für die Bildung theophorer Personennamen, also für Zusammensetzungen, blieb der Name des Gottes Jahve frei (Jochanan, Jehu, Josua). Aber es hatte doch mit diesem Namen eine besondere Bewandtnis. Es ist bekannt, daß die kritische Bibelforschung zwei Quellenschriften des Hexateuchs annimmt. Sie werden als J und als E bezeichnet, weil die eine den Gottesnamen „Jahve", die andere den „Elohim" gebraucht. „Elohim" zwar, nicht „Adonai", aber man mag der Bemerkung eines unserer Autoren gedenken: „Die verschiedenen Namen sind das deutliche Kennzeichen ursprünglich verschiedener Götter."

Wir ließen die Beibehaltung der Beschneidung als Beweis dafür gelten, daß bei der Religionsstiftung in Qadeš ein Kompromiß stattgefunden hat. Den Inhalt desselben ersehen wir aus den übereinstimmenden Berichten von J und E, die also hierin auf eine gemeinsame Quelle (Niederschrift oder mündliche Tradition) zurückgehen. Die leitende Tendenz war, Größe und Macht des neuen Gottes Jahve zu erweisen. Da die Mosesleute so hohen Wert auf ihr Erlebnis des Auszugs aus Ägypten legten, mußte diese Befreiungstat Jahve verdankt werden, und dies Ereignis wurde mit Ausschmückungen versehen, die die schreckhafte Großartigkeit des Vulkangottes bekundeten, wie die Rauchsäule, die sich nachts in eine Feuersäule wandelte, der Sturm, der das Meer für eine Weile trockenlegte, so daß die Verfolger von den rückkehrenden Wassermassen ertränkt wurden. Dabei wurden der Auszug und die Religionsstiftung nahe aneinandergerückt, das lange Intervall zwischen beiden verleugnet; auch die Gesetzgebung vollzog sich nicht in Qadeš, sondern am Fuß des Gottesberges unter den Anzeichen eines vulkanischen Ausbruches. Aber diese Darstellung beging ein schweres Unrecht gegen das Andenken des Mannes Moses; er war es ja, nicht der Vulkangott, der das Volk aus Ägypten befreit hatte. Somit war man ihm eine Entschädigung schuldig und fand sie darin, daß man Moses hinübernahm nach Qadeš oder an den Sinai-Horeb und ihn an die Stelle der midianitischen Priester setzte. Daß man durch diese Lösung eine zweite, unabweisbar dringende Tendenz befriedigte, werden wir später erörtern. Auf solche Weise hatte man gleichsam einen Ausgleich geschaffen; man ließ Jahve nach Ägypten übergreifen, der auf einem Berg in Midian hauste, und Moses' Existenz und Tätigkeit dafür nach Qadeš und bis ins Ostjordanland. Er wurde so mit der Person des späteren Religionsstifters, dem Schwiegersohn des Midianiters Jethro, verschmolzen, dem er seinen Namen Moses lieh. Aber von diesem anderen Moses wissen wir nichts Persönliches auszusagen – er wird durch den anderen, den ägyptischen Moses so völlig verdunkelt. Es sei denn, daß man die Widersprüche in der Charakteristik Moses' aufgreift, die sich im biblischen Bericht finden. Er wird uns oft genug als herrisch, jähzornig, ja gewalttätig geschildert, und doch wird auch von ihm gesagt, er sei der sanftmütigste und geduldigste aller Menschen gewesen. Es ist klar, diese letzteren Eigenschaften hätten dem Ägypter Moses, der mit seinem Volk so Großes und Schweres vorhatte, wenig getaugt; vielleicht gehörten sie dem anderen, dem Midianiter, an. Ich glaube, man ist berechtigt, die beiden Personen wieder voneinander zu scheiden und anzunehmen, daß der ägyptische Moses nie in Qadeš war und den Namen Jahve nie gehört hatte und daß der midianitische Moses Ägypten nie betreten hatte und von Aton nichts wußte. Zum Zwecke der Verlötung der beiden Personen fiel der Tradition oder der Sagenbildung die Aufgabe zu, den ägyptischen Moses nach Midian zu bringen, und wir haben gehört, daß mehr als eine Erklärung hiefür im Umlauf war.

(6)

Wir sind darauf vorbereitet, neuerdings den Tadel zu hören, daß wir unsere Rekonstruktion der Urgeschichte des Volkes Israel mit allzugroßer, mit unberechtigter Sicherheit vorgetragen haben. Diese Kritik wird uns nicht schwer treffen, da sie in unserem eigenen Urteil einen Widerhall findet. Wir wissen selbst, unser Aufbau hat seine schwachen Stellen, aber er hat auch seine starken Seiten. Im ganzen überwiegt der Eindruck, daß es der Mühe lohnt, das Werk in der eingeschlagenen Richtung fortzusetzen. Der uns vorliegende biblische Bericht enthält wertvolle, ja unschätzbare historische Angaben, die aber durch den Einfluß mächtiger Tendenzen entstellt und mit den Produktionen dichterischer Erfindung ausgeschmückt worden sind. Während unserer bisherigen Bemühungen haben wir eine dieser entstellenden Tendenzen erraten können. Dieser Fund zeigt uns den weiteren Weg. Wir sollen andere solcher Tendenzen aufdecken. Haben wir Anhaltspunkte, um die durch sie erzeugten Entstellungen zu erkennen, so werden wir hinter ihnen neue Stücke des wahren Sachverhalts zum Vorschein bringen.

Lassen wir uns zunächst von der kritischen Bibelforschung erzählen, was sie über die Entstehungsgeschichte des Hexateuchs (der fünf Bücher Moses' und des Buches *Josua*, die uns hier allein interessieren) zu sagen weiß. Als älteste Quellenschrift gilt J, der Jahvist, den man in neuester Zeit als den Priester Ebjatar, einen Zeitgenossen des Königs David, erkennen will. Etwas später, man weiß nicht, um wieviel, setzt man den sogenannten Elohisten an, der dem Nordreich angehört. Nach dem Untergang des Nordreiches 722 hat ein jüdischer Priester Stücke von J und E miteinander vereinigt und eigene Beiträge dazugetan. Seine Kompilation wird als JE bezeichnet. Im siebenten Jahrhundert kommt das *Deuteronomium*, das fünfte Buch, hinzu, angeblich als Ganzes im Tempel neu gefunden. In die Zeit nach der Zerstörung des Tempels

(586), während des Exils und nach der Rückkehr wird die Umarbeitung versetzt, die man den „Priesterkodex" nennt; im fünften Jahrhundert erfährt das Werk seine endgültige Redaktion und ist seither nicht wesentlich verändert worden .

Die Geschichte des Königs David und seiner Zeit ist höchstwahrscheinlich das Werk eines Zeitgenossen. Es ist richtige Geschichtsschreibung, fünfhundert Jahre vor Herodot, dem „Vater der Geschichte". Man nähert sich dem Verständnis dieser Leistung, wenn man im Sinne unserer Annahme an ägyptischen Einfluß denkt. Es ist selbst die Vermutung aufgetaucht, daß die Israeliten jener Urzeit, also die Schreiber des Moses, nicht unbeteiligt an der Erfindung des ersten Alphabets gewesen sind. Inwieweit die Berichte über frühere Zeiten auf frühe Aufzeichnungen oder auf mündliche Traditionen zurückgehen und welche Zeitintervalle in den einzelnen Fällen zwischen Ereignis und Fixierung liegen, entzieht sich natürlich unserer Kenntnis. Der Text aber, wie er uns heute vorliegt, erzählt uns genug auch über seine eigenen Schicksale. Zwei einander entgegengesetzte Behandlungen haben ihre Spuren an ihm zurückgelassen. Einerseits haben sich Bearbeitungen seiner bemächtigt, die ihn im Sinne ihrer geheimen Absichten verfälscht, verstümmelt und erweitert, bis in sein Gegenteil verkehrt haben, anderseits hat eine schonungsvolle Pietät über ihm gewaltet, die alles erhalten wollte, wie sie es vorfand, gleichgültig, ob es zusammenstimmte oder sich selbst aufhob. So sind fast in allen Teilen auffällige Lücken, störende Wiederholungen, greifbare Widersprüche zustande gekommen, Anzeichen, die uns Dinge verraten, deren Mitteilung nicht beabsichtigt war. Es ist bei der Entstellung eines Textes ähnlich wie bei einem Mord. Die Schwierigkeit liegt nicht in der Ausführung der Tat, sondern in der Beseitigung ihrer Spuren. Man möchte dem Worte „*Entstellung*" den Doppelsinn verleihen, auf den es Anspruch hat, obwohl es heute keinen Gebrauch davon macht. Es sollte nicht nur bedeuten: in seiner Erscheinung verändern, sondern auch: an eine andere Stelle bringen, anderswohin verschieben. Somit dürfen wir in vielen Fällen von Textentstellung darauf rechnen, das Unterdrückte und Verleugnete doch irgendwo versteckt zu finden, wenn auch abgeändert und aus dem Zusammenhang gerissen. Es wird nur nicht immer leicht sein, es zu erkennen.

Die entstellenden Tendenzen, deren wir habhaft werden wollen, müssen schon auf die Traditionen vor allen Niederschriften eingewirkt haben. Die eine derselben, vielleicht die stärkste von allen, haben wir bereits entdeckt. Wir sagten, mit der Einsetzung des neuen Gottes Jahve in Qadeš ergab sich die

Nötigung, etwas für seine Verherrlichung zu tun. Es ist richtiger zu sagen: man mußte ihn installieren, Raum für ihn schaffen, die Spuren früherer Religionen verwischen. Das scheint für die Religion der ansässigen Stämme restlos gelungen zu sein, wir hören nichts mehr von ihr. Mit den Rückkehrern hatte man es nicht so leicht, sie ließen sich den Auszug aus Ägypten, den Mann Moses und die Beschneidung nicht rauben. Sie waren also in Ägypten gewesen, aber sie hatten es wieder verlassen, und von nun an sollte jede Spur des ägyptischen Einflusses verleugnet werden. Den Mann Moses erledigte man, indem man ihn nach Midian und Qadeš versetzte und ihn mit dem Jahvepriester der Religionsstiftung verschmelzen ließ. Die Beschneidung, das gravierendste Anzeichen der Abhängigkeit von Ägypten, mußte man beibehalten, aber man versäumte die Versuche nicht, diese Sitte aller Evidenz zum Trotz von Ägypten abzulösen. Nur als absichtlichen Widerspruch gegen den verräterischen Sachverhalt kann man die rätselhafte, unverständlich stilisierte Stelle in *Exodus* auffassen, daß Jahve einst dem Moses gezürnt, weil er die Beschneidung vernachlässigt hatte, und daß sein midianitisches Weib durch schleunige Ausführung der Operation sein Leben gerettet! Wir werden alsbald von einer anderen Erfindung hören, um das unbequeme Beweisstück unschädlich zu machen.

Man kann es kaum als das Auftreten einer neuen Tendenz bezeichnen, es ist vielmehr nur die Fortführung der früheren, wenn sich Bemühungen zeigen, die direkt in Abrede stellen, daß Jahve ein neuer, für die Juden fremder Gott gewesen sei. In dieser Absicht werden die Sagen von den Urvätern des Volkes, Abraham, Isaak und Jakob, herangezogen. Jahve versichert, daß er schon der Gott dieser Väter gewesen sei; freilich, muß er selbst zugestehen, hätten sie ihn nicht unter diesem seinen Namen verehrt.

Er fügt nicht hinzu, unter welchem anderen. Und hier findet sich der Anlaß zu einem entscheidenden Streich gegen die ägyptische Herkunft der Beschneidungssitte. Jahve hat sie bereits von Abraham verlangt, hat sie als Zeichen des Bundes zwischen sich und Abrahams Nachkommen eingesetzt. Aber das war eine besonders ungeschickte Erfindung. Als Abzeichen, das einen von anderen absondern und vor anderen bevorzugen soll, wählt man etwas, was bei den anderen nicht vorzufinden ist, und nicht etwas, was Millionen anderer in gleicher Weise aufzeigen können. Ein Israelit, nach Ägypten versetzt, hätte ja alle Ägypter als Bundesbrüder, als Brüder in Jahve, anerkennen müssen. Die Tatsache, daß die Beschneidung in Ägypten heimisch war, konnte den Israeliten, die den Text der Bibel schufen, unmöglich unbekannt sein. Die bei Ed. Meyer erwähnte Stelle aus *Josua* gibt es selbst unbedenklich zu, aber sie sollte eben um jeden Preis verleugnet werden.

An religiöse Mythenbildungen wird man nicht den Anspruch stellen dürfen, daß sie auf logischen Zusammenhalt große Rücksicht nehmen. Sonst hätte das Volksempfinden berechtigten Anstoß an dem Verhalten einer Gottheit finden können, die mit den Ahnherren einen Vertrag mit gegenseitigen Verpflichtungen schließt, sich dann jahrhundertelang um die menschlichen Partner nicht kümmert, bis es ihr plötzlich einfällt, sich den Nachkommen von neuem zu offenbaren. Noch mehr befremdend wirkt die Vorstellung, daß ein Gott sich mit einem Male ein Volk „auswählt", es zu seinem Volk und sich zu seinem Gott erklärt. Ich glaube, es ist der einzige solche Fall in der Geschichte der menschlichen Religionen. Sonst gehören Gott und Volk untrennbar zusammen, sie sind von allem Anfang an eines; man hört wohl manchmal davon, daß ein Volk einen anderen Gott annimmt, aber nie, daß ein Gott sich ein anderes Volk aussucht. Vielleicht nähern wir uns dem Verständnis dieses einmaligen Vorgangs, wenn wir der Beziehungen zwischen Moses und dem Judenvolke gedenken. Moses hatte sich zu den Juden herabgelassen, sie zu seinem Volk gemacht; sie waren sein „auserwähltes Volk".

Die Einbeziehung der Urväter diente auch noch einer anderen Absicht. Sie hatten in Kanaan gelebt, ihr Andenken war an bestimmte Örtlichkeiten des Landes geknüpft. Möglicherweise waren sie selbst ursprünglich kanaanäische Heroen oder lokale Göttergestalten, die dann von den eingewanderten Israeliten für ihre Vorgeschichte mit Beschlag belegt wurden. Wenn man sich auf sie berief, behauptete man gleichsam seine Bodenständigkeit und verwahrte sich gegen das Odium, das an dem landfremden Eroberer haftete. Es war eine geschickte Wendung, daß der Gott Jahve ihnen nur wiedergab, was ihre Vorfahren einmal besessen hatten.

In den späteren Beiträgen zum biblischen Text setzte sich die Absicht durch, die Erwähnung von Qadeš zu vermeiden. Die Stätte der Religionsstiftung wurde endgültig der Gottesberg Sinai-Horeb. Das Motiv hiefür ist nicht klar ersichtlich; vielleicht wollte man nicht an den Einfluß von Midian gemahnt werden. Aber alle späteren Entstellungen, insbesondere der Zeit des sogenannten Priesterkodex, dienen einer anderen Absicht. Man brauchte nicht mehr Berichte über Begebenheiten im gewünschten Sinne abzuändern, denn dies war längst geschehen. Sondern man bemühte sich, Gebote und Institutionen der Gegenwart in frühe Zeiten zurückzuversetzen, in der Regel sie auf mosaische

Gesetzgebung zu begründen, um daher ihren Anspruch auf Heiligkeit und Verbindlichkeit abzuleiten. Sosehr man auf solche Weise das Bild der Vergangenheit verfälschen mochte, dies Verfahren entbehrt nicht einer bestimmten psychologischen Berechtigung. Es spiegelte die Tatsache wider, daß im Laufe der langen Zeiten – vom Auszug aus Ägypten bis zur Fixierung des Bibeltextes unter Esra und Nehemia verflossen etwa 800 Jahre – die Jahvereligion sich zurückgebildet hatte zur Übereinstimmung, vielleicht bis zur Identität mit der ursprünglichen Religion des Moses.

Und dies ist das wesentliche Ergebnis, der schicksalsschwere Inhalt der jüdischen Religionsgeschichte.

(7)

Unter all den Begebenheiten der Vorzeit, die die späteren Dichter, Priester und Geschichtsschreiber zu bearbeiten unternahmen, hob sich eine heraus, deren Unterdrückung durch die nächstliegenden und besten menschlichen Motive geboten war. Es war die Ermordung des großen Führers und Befreiers Moses, die Sellin aus Andeutungen bei den Propheten erraten hat. Man kann die Aufstellung Sellins nicht phantastisch heißen, sie ist wahrscheinlich genug. Moses, aus der Schule Ikhnatons stammend, bediente sich auch keiner anderen Methoden als der König, er befahl, drängte dem Volke seinen Glauben auf. Vielleicht war die Lehre des Moses noch schroffer als die seines Meisters, er brauchte die Anlehnung an den Sonnengott nicht festzuhalten, die Schule von On hatte für sein Fremdvolk keine Bedeutung. Moses wie Ikhnaton fanden dasselbe Schicksal, das aller aufgeklärten Despoten wartet. Das Judenvolk des Moses war ebensowenig imstande, eine so hoch vergeistigte Religion zu ertragen, in ihren Darbietungen eine Befriedigung ihrer Bedürfnisse zu finden, wie die Ägypter der 18ten Dynastie. In beiden Fällen geschah dasselbe, die Bevormundeten und Verkürzten erhoben sich und warfen die Last der ihnen auferlegten Religion ab. Aber während die zahmen Ägypter damit warteten, bis das Schicksal die geheiligte Person des Pharao beseitigt hatte, nahmen die wilden Semiten das Schicksal in ihre Hand und räumten den Tyrannen aus dem Wege.

Auch kann man nicht behaupten, daß der erhaltene Bibeltext uns nicht auf einen solchen Ausgang Moses' vorbereitet. Der Bericht über die „Wüstenwanderung" – die für die Zeit der Herrschaft Moses' stehen mag –

schildert eine Kette von ernsthaften Empörungen gegen seine Autorität, die auch – nach Jahves Gebot – durch blutige Züchtigung unterdrückt werden. Man kann sich leicht vorstellen, daß einmal ein solcher Aufstand ein anderes Ende nahm, als der Text es haben will. Auch der Abfall des Volkes von der neuen Religion wird im Text erzählt, als Episode freilich. Es ist die Geschichte vom goldenen Kalb, in der mit geschickter Wendung das symbolisch zu verstehende Zerbrechen der Gesetzestafeln („er hat das Gesetz gebrochen") Moses selbst zugeschoben und durch seine zornige Entrüstung motiviert wird.

Es kam eine Zeit, da man den Mord an Moses bedauerte und zu vergessen suchte. Sicherlich war es so zur Zeit des Zusammentreffens in Qadeš. Aber wenn man den Auszug näher heranrückte an die Religionsstiftung in der Oase und Moses an Stelle des anderen an ihr mitwirken ließ, so hatte man nicht nur den Anspruch der Mosesleute befriedigt, sondern auch die peinliche Tatsache seiner gewaltsamen Beseitigung erfolgreich verleugnet. In Wirklichkeit ist es sehr unwahrscheinlich, daß Moses an den Vorgängen in Qadeš hätte teilnehmen können, auch wenn sein Leben nicht verkürzt worden wäre.

Wir müssen hier den Versuch machen, die zeitlichen Verhältnisse dieser Begebenheiten aufzuklären. Wir haben den Auszug aus Ägypten in die Zeit nach dem Verlöschen der 18ten Dynastie versetzt (1350). Er mag damals oder eine Weile später erfolgt sein, denn die ägyptischen Chronisten haben die darauffolgenden Jahre der Anarchie in die Regierungszeit Haremhabs, der ihr ein Ende machte und bis 1315 herrschte, eingerechnet. Der nächste, aber auch der einzige Anhalt für die Chronologie ist durch die Stele Merneptahs gegeben (1225–15), die sich des Sieges über Isiraal (Israel) und der Verwüstung ihrer Saaten (?) rühmt. Die Verwertung dieser Inschrift ist leider zweifelhaft, man läßt sie als Beweis dafür gelten, daß israelitische Stämme damals schon in Kanaan ansässig waren. Ed. Meyer schließt aus dieser Stele mit Recht, daß Merneptah nicht der Pharao des Auszugs gewesen sein kann, wie vorher gern angenommen wurde. Der Auszug muß einer früheren Zeit angehören. Die Frage nach dem Pharao des Auszugs erscheint uns überhaupt müßig. Es gab keinen Pharao des Auszugs, da dieser in ein Interregnum fiel. Aber auf das mögliche Datum der Vereinigung und Religionsannahme in Qadeš fällt auch durch die Entdeckung der Merneptah-Stele kein Licht. Irgendwann zwischen 1350 und 1215, ist alles, was wir mit Sicherheit sagen können. Innerhalb dieses Jahrhunderts, vermuten wir, kommt der Auszug dem Eingangsdatum sehr nahe, ist der Vorgang in Qadeš vom Enddatum nicht zu weit entfernt. Den größeren Teil des Zeitraumes möchten wir für das Intervall zwischen beiden Ereignissen in Anspruch nehmen. Wir brauchen nämlich eine längere Zeit, bis sich nach der Ermordung Moses' die Leidenschaften bei den Rückkehrern beruhigt haben und der Einfluß der Mosesleute, der Leviten, so groß geworden ist, wie das Kompromiß in Qadeš es voraussetzt. Zwei Generationen, 60 Jahre, würden hiefür etwa ausreichen, aber es geht nur knapp zusammen. Die Folgerung aus der Merneptah-Stele kommt uns zu früh, und da wir erkennen, daß in unserem Aufbau hier eine Annahme nur auf einer anderen begründet ist, gestehen wir zu, daß diese Diskussion eine schwache Seite unserer Konstruktion aufdeckt. Leider ist alles, was mit der Niederlassung des jüdischen Volkes in Kanaan zusammenhängt, so ungeklärt und verworren. Es bleibt uns etwa die Auskunft, daß der Name auf der Israelstele sich nicht auf die Stämme bezieht, deren Schicksale wir zu verfolgen bemüht sind und die zum späteren Volk Israel zusammengetreten sind. Ist doch auch der Name der *Habiru = Hebräer* aus der Amarnazeit auf dies Volk übergegangen.

Wann immer die Vereinigung der Stämme zur Nation durch die Annahme einer gemeinsamen Religion vor sich ging, es hätte leicht ein für die Weltgeschichte recht gleichgültiger Akt werden können. Die neue Religion wäre vom Strom der Ereignisse weggeschwemmt worden, Jahve hätte seinen Platz einnehmen dürfen in der Prozession gewesener Götter, die der Dichter Flaubert gesehen hat, und von seinem Volk wären alle zwölf Stämme „verloren"gegangen, nicht nur die zehn, die von den Angelsachsen so lange gesucht worden sind. Der Gott Jahve, dem der midianitische Moses damals ein neues Volk zuführte, war wahrscheinlich in keiner Hinsicht ein hervorragendes Wesen. Ein roher, engherziger Lokalgott, gewalttätig und blutdürstig; er hatte seinen Anhängern versprochen, ihnen das Land zu geben, in dem „Milch und Honig fließt", und forderte sie auf, dessen gegenwärtige Einwohner auszurotten „mit der Schärfe des Schwertes". Man darf sich verwundern, daß trotz aller Umarbeitungen in den biblischen Berichten so viel stehengelassen wurde, um sein ursprüngliches Wesen zu erkennen. Es ist nicht einmal sicher, daß seine Religion ein wirklicher Monotheismus war, daß sie den Gottheiten anderer Völker die Gottesnatur bestritt. Es reichte wahrscheinlich hin, daß der eigene Gott mächtiger war als alle fremden Götter. Wenn dann in der Folge alles anders verlief, als solche Ansätze erwarten ließen, so können wir die Ursache hiefür nur in einer einzigen Tatsache finden. Einem Teil des Volkes hatte der ägyptische Moses eine andere, höher vergeistigte Gottesvorstellung gegeben, die Idee einer einzigen, die ganze Welt umfassenden Gottheit, die nicht minder alliebend war als allmächtig, die, allem Zeremoniell und Zauber abhold, den Menschen ein Leben in Wahrheit und Gerechtigkeit zum höchsten Ziel setzte. Denn so unvollkommen unsere Berichte über die ethische Seite der Atonreligion sein mögen, es kann nicht bedeutungslos sein, daß Ikhnaton sich in seinen Inschriften regelmäßig bezeichnete als „lebend in Maat" (Wahrheit, Gerechtigkeit). Auf die Dauer machte es nichts aus, daß das Volk, wahrscheinlich nach kurzer Zeit, die Lehre des Moses verwarf und ihn selbst beseitigte. Es blieb die *Tradition* davon, und ihr Einfluß erreichte, allerdings erst allmählich im Laufe der Jahrhunderte, was Moses selbst versagt geblieben war. Gott Jahve war zu unverdienten Ehren gekommen, als man von Qadeš an die Befreiungstat des Moses auf seine Rechnung schrieb, aber er hatte für diese Usurpation schwer zu büßen. Der Schatten des Gottes, dessen Stelle er eingenommen, wurde stärker als er; am Ende der Entwicklung war hinter seinem Wesen das des vergessenen mosaischen Gottes zum Vorschein gekommen. Niemand zweifelt daran, daß nur die Idee dieses anderen Gottes das Volk Israel alle Schicksalsschläge überstehen ließ und es bis in unsere Zeiten am Leben erhielt.

Beim Endsieg des mosaischen Gottes über Jahve kann man den Anteil der Leviten nicht mehr feststellen. Diese hatten sich seinerzeit für Moses eingesetzt, als das Kompromiß in Qadeš geschlossen wurde, in noch lebendiger Erinnerung an den Herrn, dessen Gefolge und Landsgenossen sie waren. In den Jahrhunderten seither waren sie mit dem Volk verschmolzen oder mit der Priesterschaft, und es war die Hauptleistung der Priester geworden, das Ritual zu entwickeln und zu überwachen, überdies die heiligen Niederschriften zu behüten und nach ihren Absichten zu bearbeiten. Aber war nicht aller Opferdienst und alles Zeremoniell im Grunde nur Magie und Zauberwesen, wie es die alte Lehre Moses' bedingungslos verworfen hatte? Da erhoben sich aus der Mitte des Volkes in einer nicht mehr abreißenden Reihe Männer, nicht durch ihre Herkunft mit Moses verbunden, aber von der großen und mächtigen Tradition erfaßt, die allmählich im Dunkeln angewachsen war, und diese Männer, die Propheten, waren es, die unermüdlich die alte mosaische Lehre verkündeten, die Gottheit verschmähe Opfer und Zeremoniell, sie fordere nur Glauben und ein Leben in Wahrheit und Gerechtigkeit („Maat"). Die Bemühungen der Propheten hatten dauernden Erfolg; die Lehren, mit denen sie den alten Glauben wiederherstellten, wurden zum bleibenden Inhalt der jüdischen Religion. Es ist Ehre genug für das jüdische Volk, daß es eine solche Tradition erhalten und Männer hervorbringen konnte, die ihr eine Stimme liehen, auch wenn die Anregung dazu von außen, von einem großen fremden Mann gekommen war.

Ich würde mich mit dieser Darstellung nicht sicher fühlen, wenn ich mich nicht auf das Urteil anderer, sachkundiger Forscher berufen könnte, die die Bedeutung Moses' für die jüdische Religionsgeschichte im nämlichen Lichte sehen, auch wenn sie seine ägyptische Herkunft nicht anerkennen. So sagt z. B. Sellin: „Mithin haben wir uns die eigentliche Religion des Mose, den Glauben an den einen sittlichen Gott, den er verkündet, seitdem von vornherein als das Besitztum eines kleinen Kreises im Volke vorzustellen. Von vornherein dürfen wir nicht erwarten, jenen in dem offiziellen Kulte, in der Religion der Priester, in dem Glauben des Volkes anzutreffen. Wir können von vornherein nur damit rechnen, daß bald hie bald da einmal ein Funke wieder auftaucht von dem Geistesbrand, den er einst entzündet hat, daß seine Ideen nicht ausgestorben sind, sondern hie und da in aller Stille auf Glaube und Sitte eingewirkt haben, bis sie etwa früher oder später unter der Einwirkung besonderer Erlebnisse oder von seinem Geist besonders erfaßter Persönlichkeiten einmal wieder stärker hervorbrachen und Einfluß gewannen auf breitere Volksmassen. Unter diesem Gesichtswinkel ist von vornherein die altisraelitische Religionsgeschichte zu betrachten. Wer nach der Religion, wie sie uns nach den Geschichtsurkunden im Volksleben der ersten fünf Jahrhunderte in Kanaan entgegentritt, etwa die mosaische Religion konstruieren wollte, der würde den schwersten methodischen Fehler begehen." Und deutlicher noch Volz. Er meint, „daß Moses' himmelhohes Werk zunächst nur ganz schwach und spärlich verstanden und durchgeführt wurde, bis es im Lauf der Jahrhunderte mehr und mehr eindrang und endlich in den großen Propheten gleichgeartete Geister fand, die das Werk des Einsamen fortsetzten".

Hiemit wäre ich zum Abschluß meiner Arbeit gelangt, die ja nur der einzigen Absicht dienen sollte, die Gestalt eines ägyptischen Moses in den Zusammenhang der jüdischen Geschichte einzufügen. Um unser Ergebnis in der kürzesten Formel auszudrücken: Zu den bekannten Zweiheiten dieser Geschichte – *zwei* Volksmassen, die zur Bildung der Nation zusammentreten, *zwei* Reiche, in die diese Nation zerfällt, *zwei* Gottesnamen in den Quellenschriften der Bibel – fügen wir zwei neue hinzu: *Zwei* Religionsstiftungen, die erste durch die andere verdrängt und später doch siegreich hinter ihr zum Vorschein gekommen, *zwei* Religionsstifter, die beide mit dem gleichen Namen Moses benannt werden und deren Persönlichkeiten wir voneinander zu sondern haben. Und alle diese Zweiheiten sind notwendige Folgen der ersten, der Tatsache, daß der eine Bestandteil des Volkes ein traumatisch zu wertendes Erlebnis gehabt hatte, das dem anderen fern geblieben war. Darüber hinaus gäbe es noch sehr viel zu erörtern, zu erklären und zu behaupten. Erst dann ließe sich eigentlich das Interesse an unserer rein historischen Studie rechtfertigen. Worin die eigentliche Natur einer Tradition besteht und worauf ihre besondere Macht beruht, wie unmöglich es ist, den persönlichen Einfluß einzelner großer Männer auf die Weltgeschichte zu leugnen, welchen Frevel an der großartigen Mannigfaltigkeit des Menschenlebens man begeht, wenn man nur Motive aus materiellen Bedürfnissen anerkennen will, aus welchen Quellen manche, besonders die religiösen Ideen die Kraft schöpfen, mit der sie Menschen wie Völker unterjochen – all dies am Spezialfall der jüdischen Geschichte zu studieren wäre eine verlockende Aufgabe. Eine solche Fortsetzung meiner Arbeit würde den Anschluß finden an Ausführungen, die ich vor 25 Jahren in *Totem und Tabu* niedergelegt habe. Aber ich traue mir nicht mehr die Kraft zu, dies zu leisten.

III – Moses, sein Volk und die monotheistische Religion

Erster Teil

Vorbemerkung I

(*Vor dem März 1938*)

Mit der Verwegenheit dessen, der nichts oder wenig zu verlieren hat, gehe ich daran, einen gut begründeten Vorsatz zum zweitenmal zu brechen und den beiden Abhandlungen über Moses in *Imago* (Bd. XXIII, Heft 1 und 3) das zurückgehaltene Endstück nachzuschicken. Ich schloß mit der Versicherung, ich wisse, daß meine Kräfte dazu nicht ausreichen würden, meinte natürlich die Abschwächung der schöpferischen Fähigkeiten, die mit dem hohen Alter einhergeht, aber ich dachte auch an ein anderes Hemmnis.

Wir leben in einer besonders merkwürdigen Zeit. Wir finden mit Erstaunen, daß der Fortschritt ein Bündnis mit der Barbarei geschlossen hat. In Sowjetrußland hat man es unternommen, etwa 100 Millionen in der

Unterdrückung festgehaltener Menschen zu besseren Lebensformen zu erheben. Man war verwegen genug, ihnen das „Rauschgift" der Religion zu entziehen, und so weise, ihnen ein verständiges Maß von sexueller Freiheit zu geben, aber dabei unterwarf man sie dem grausamsten Zwang und raubte ihnen jede Möglichkeit der Denkfreiheit. Mit ähnlicher Gewalttätigkeit wird das italienische Volk zu Ordnung und Pflichtgefühl erzogen. Man empfindet es als Erleichterung von einer bedrückenden Sorge, wenn man im Fall des deutschen Volkes sieht, daß der Rückfall in nahezu vorgeschichtliche Barbarei auch ohne Anlehnung an irgendeine fortschrittliche Idee vor sich gehen kann. Immerhin hat es sich so gestaltet, daß heute die konservativen Demokratien die Hüter des kulturellen Fortschritts geworden sind und daß sonderbarerweise gerade die Institution der katholischen Kirche der Ausbreitung jener kulturellen Gefahr eine kräftige Abwehr entgegensetzt. Sie, bisher die unerbittliche Feindin der Denkfreiheit und des Fortschritts zur Erkenntnis der Wahrheit!

Wir leben hier in einem katholischen Land unter dem Schutz dieser Kirche, unsicher, wie lange er vorhalten wird. Solange er aber besteht, haben wir natürlich Bedenken, etwas zu tun, was die Feindschaft der Kirche erwecken muß. Es ist nicht Feigheit, sondern Vorsicht; der neue Feind, dem zu Dienst zu sein wir uns hüten wollen, ist gefährlicher als der alte, mit dem uns zu vertragen wir bereits gelernt haben. Die psychoanalytische Forschung, die wir pflegen, ist ohnedies der Gegenstand mißtrauischer Aufmerksamkeit von Seiten des Katholizismus. Wir werden nicht behaupten, es sei so mit Unrecht. Wenn unsere Arbeit uns zu einem Ergebnis führt, das die Religion auf eine Menschheitsneurose reduziert und ihre großartige Macht in der gleichen Weise aufklärt wie den neurotischen Zwang bei den einzelnen unserer Patienten, so sind wir sicher, den stärksten Unwillen der bei uns herrschenden Mächte auf uns zu ziehen. Nicht, daß wir etwas zu sagen hätten, was neu wäre, was wir nicht schon vor einem Vierteljahrhundert deutlich genug gesagt haben, aber das ist seither vergessen worden, und es kann nicht wirkungslos bleiben, wenn wir es heute wiederholen und an einem für alle Religionsstiftungen maßgebenden Beispiel erläutern. Es würde wahrscheinlich dazu führen, daß uns die Betätigung in der Psychoanalyse verboten wird. Jene gewalttätigen Methoden der Unterdrückung sind der Kirche ja keineswegs fremd, sie empfindet es vielmehr als Einbruch in ihre Vorrechte, wenn auch andere sich ihrer bedienen. Die Psychoanalyse aber, die im Laufe meines langen Lebens überallhin gekommen ist, hat noch immer kein Heim, das wertvoller für sie wäre als eben die Stadt, wo sie geboren und herangewachsen ist.

Ich glaube es nicht nur, ich weiß es, daß ich mich durch dies andere Hindernis, durch die äußere Gefahr, abhalten lassen werde, den letzten Teil meiner Studie über Moses zu veröffentlichen. Ich habe noch einen Versuch gemacht, mir die Schwierigkeit aus dem Weg zu räumen, indem ich mir sagte, der Angst liege eine Überschätzung meiner persönlichen Bedeutung zugrunde. Wahrscheinlich werde es den maßgebenden Stellen recht gleichgültig sein, was ich über Moses und den Ursprung der monotheistischen Religionen schreiben wolle. Aber ich fühle mich da nicht sicher im Urteil. Viel eher erscheint es mir möglich, daß Bosheit und Sensationslust das wettmachen werden, was mir im Urteil der Mitwelt an Geltung fehlt. Ich werde diese Arbeit also nicht bekanntmachen, aber das braucht mich nicht abzuhalten, sie zu schreiben. Besonders da ich sie schon einmal, vor jetzt zwei Jahren, niedergeschrieben habe, so daß ich sie bloß umzuarbeiten und an die beiden vorausgeschickten Aufsätze anzufügen habe. Sie mag dann in der Verborgenheit aufbewahrt bleiben, bis einmal die Zeit kommt, wann sie sich gefahrlos ans Licht wagen darf, oder bis man einem, der sich zu denselben Schlüssen und Meinungen bekennt, sagen kann, es war schon einmal in dunkleren Zeiten jemand da, der sich das nämliche wie du gedacht hat.

Vorbemerkung II

(Im Juni 1938)

Die ganz besonderen Schwierigkeiten, die mich während der Abfassung dieser an die Person des Moses anknüpfenden Studie belastet haben – innere Bedenken sowie äußere Abhaltungen –, bringen es mit sich, daß dieser dritte, abschließende Aufsatz von zwei verschiedenen Vorreden eingeleitet wird, die einander widersprechen, ja einander aufheben. Denn in dem kurzen Zeitraum zwischen beiden haben sich die äußeren Verhältnisse des Schreibers gründlich geändert. Ich lebte damals unter dem Schutz der katholischen Kirche und stand unter der Angst, daß ich durch meine Publikation diesen Schutz verlieren und ein Arbeitsverbot für die Anhänger und Schüler der Psychoanalyse in Österreich heraufbeschwören würde. Und dann kam plötzlich die deutsche Invasion; der Katholizismus erwies sich, mit biblischen Worten zu reden, als ein „schwankes Rohr". In der Gewißheit, jetzt nicht nur meiner Denkweise, sondern auch meiner

„Rasse" wegen verfolgt zu werden, verließ ich mit vielen Freunden die Stadt, die mir von früher Kindheit an, durch 78 Jahre, Heimat gewesen war.

Ich fand die freundlichste Aufnahme in dem schönen, freien, großherzigen England. Hier lebe ich nun, ein gern gesehener Gast, atme auf, daß jener Druck von mir genommen ist und daß ich wieder reden und schreiben – bald hätte ich gesagt: denken darf, wie ich will oder muß. Ich wage es, das letzte Stück meiner Arbeit vor die Öffentlichkeit zu bringen.

Keine äußeren Abhaltungen mehr oder wenigstens keine solchen, vor denen man zurückschrecken darf. Ich habe in den wenigen Wochen meines Aufenthalts hier eine Unzahl von Begrüßungen erhalten von Freunden, die sich meiner Anwesenheit freuten, von Unbekannten, ja Unbeteiligten, die nur ihrer Befriedigung darüber Ausdruck geben wollten, daß ich hier Freiheit und Sicherheit gefunden habe. Und dazu kamen, in einer für den Fremden überraschenden Häufigkeit, Zuschriften anderer Art, die sich um mein Seelenheil bemühten, die mir die Wege Christi weisen und mich über die Zukunft Israels aufklären wollten.

Die guten Leute, die so schrieben, können nicht viel von mir gewußt haben; aber ich erwarte, wenn diese Arbeit über Moses durch eine Übersetzung unter meinen neuen Volksgenossen bekannt wird, werde ich auch bei einer Anzahl von anderen genug von den Sympathien einbüßen, die sie mir jetzt entgegenbringen.

An den inneren Schwierigkeiten konnten politischer Umschwung und Wechsel des Wohnorts nichts verändern. Nach wie vor fühle ich mich unsicher angesichts meiner eigenen Arbeit, vermisse ich das Bewußtsein der Einheit und Zusammengehörigkeit, das zwischen dem Autor und seinem Werk bestehen soll. Nicht etwa, daß es mir an der Überzeugung von der Richtigkeit des Ergebnisses mangeln sollte. Diese habe ich mir schon vor einem Vierteljahrhundert erworben, als ich das Buch über *Totem und Tabu* schrieb, 1912, und sie hat sich seither nur verstärkt. Ich habe seit damals nicht mehr bezweifelt, daß die religiösen Phänomene nur nach dem Muster der uns vertrauten neurotischen Symptome des Individuums zu verstehen sind, als Wiederkehren von längst vergessenen, bedeutsamen Vorgängen in der Urgeschichte der menschlichen Familie, daß sie ihren zwanghaften Charakter eben diesem Ursprung verdanken und also kraft ihres Gehalts an *historischer* Wahrheit auf die Menschen wirken. Meine Unsicherheit setzt erst ein, wenn ich mich frage, ob es mir gelungen ist, diese Sätze für das hier gewählte Beispiel des jüdischen Monotheismus zu erweisen. Meiner Kritik erscheint diese vom Manne Moses ausgehende Arbeit wie eine Tänzerin, die auf einer Zehenspitze balanciert. Wenn ich mich nicht auf die eine analytische Deutung des Aussetzungsmythus stützen und von da aus zur Sellinschen Vermutung über den Ausgang des Moses übergreifen könnte, hätte das Ganze ungeschrieben bleiben müssen. Immerhin sei es jetzt gewagt.

Ich beginne damit, die Ergebnisse meiner zweiten, der rein historischen Studie über Moses zu resümieren. Sie werden hier keiner neuerlichen Kritik unterzogen werden, denn sie bilden die Voraussetzung der psychologischen Erörterungen, die von ihnen ausgehen und immer wieder auf sie zurückkommen.

A
Die historische Voraussetzung

Der historische Hintergrund der Ereignisse, die unser Interesse gefesselt haben, ist also folgender: Durch die Eroberungen der 18ten Dynastie ist Ägypten ein Weltreich geworden. Der neue Imperialismus spiegelt sich wider in der Entwicklung der religiösen Vorstellungen, wenn nicht des ganzen Volkes, so doch der herrschenden und geistig regsamen Oberschicht desselben. Unter dem Einfluß der Priester des Sonnengottes zu On (Heliopolis), vielleicht verstärkt durch Anregungen von Asien her, erhebt sich die Idee eines universellen Gottes Aton, an dem die Einschränkung auf ein Land und ein Volk nicht mehr haftet. Mit dem jungen Amenhotep IV. kommt ein Pharao zur Herrschaft, der kein höheres Interesse kennt als die Entwicklung dieser Gottesidee. Er erhebt die Atonreligion zur Staatsreligion, durch ihn wird der universelle Gott der *einzige* Gott; alles, was man von anderen Göttern erzählt, ist Trug und Lüge. Mit großartiger Unerbittlichkeit widersteht er allen Versuchen des magischen Denkens, verwirft er die besonders dem Ägypter so teure Illusion eines Lebens nach dem Tode. In einer erstaunlichen Ahnung späterer wissenschaftlicher Einsicht erkennt er in der Energie der Sonnenstrahlung die Quelle alles Lebens auf der Erde und verehrt sie als das Symbol der Macht seines Gottes. Er rühmt sich seiner Freude an der Schöpfung und seines Lebens in Maat (Wahrheit und Gerechtigkeit).

Es ist der erste und vielleicht reinste Fall einer monotheistischen Religion in der Menschheitsgeschichte; ein tieferer Einblick in die historischen und psychologischen Bedingungen seiner Entstehung wäre von unschätzbarem Wert. Aber es ist dafür gesorgt worden, daß nicht allzuviel Nachrichten über die Atonreligion auf uns kommen sollten. Schon unter den schwächlichen Nachfolgern Ikhnatons brach alles zusammen, was er geschaffen hatte. Die Rache der von ihm unterdrückten Priesterschaften wütete nun gegen sein Andenken, die Atonreligion wurde abgeschafft, die Residenz des als Frevler gebrandmarkten Pharao zerstört und geplündert. Um 1350 v. Chr. erlosch die 18te Dynastie; nach einer Zeit der Anarchie stellte der Feldherr Haremhab, der bis 1315 regierte, die Ordnung wieder her. Die Reform Ikhnatons schien eine zum Vergessen werden bestimmte Episode.

Soweit, was historisch festgestellt ist, und nun setzt unsere hypothetische Fortsetzung ein. Unter den Personen, die Ikhnaton nahestanden, befand sich ein Mann, der vielleicht Thothmes hieß, wie damals viele andereSo hieß z. B. auch der Bildhauer, dessen Werkstätte in Tell-el-Amarna gefunden wurde.– es kommt auf den Namen nicht viel an, nur daß sein zweiter Bestandteil -mose sein mußte. Er war in hoher Stellung, überzeugter Anhänger der Atonreligion, aber im Gegensatz zum grüblerischen König energisch und leidenschaftlich. Für diesen Mann bedeuteten der Ausgang Ikhnatons und die Abschaffung seiner Religion das Ende all seiner Erwartungen. Nur als ein Geächteter oder als ein Abtrünniger konnte er in Ägypten leben bleiben. Er war vielleicht als Statthalter der Grenzprovinz in Berührung mit einem semitischen Volksstamm gekommen, der dort vor einigen Generationen eingewandert war. In der Not der Enttäuschung und Vereinsamung wandte er sich diesen Fremden zu, suchte bei ihnen die Entschädigung für seine Verluste. Er wählte sie zu seinem Volke, versuchte seine Ideale an ihnen zu realisieren. Nachdem er, begleitet von seinen Gefolgsleuten, mit ihnen Ägypten verlassen hatte, heiligte er sie durch das Zeichen der Beschneidung, gab ihnen Gesetze, führte sie in die Lehren der Atonreligion ein, die die Ägypter eben abgeworfen hatten. Vielleicht waren die Vorschriften, die dieser Mann Moses seinen Juden gab, noch schroffer als die seines Herrn und Lehrers Ikhnaton, vielleicht gab er auch die Anlehnung an den Sonnengott von On auf, an der dieser noch festgehalten hatte.

Für den Auszug aus Ägypten müssen wir die Zeit des Interregnums nach 1350 ansetzen. Die nächsten Zeiträume bis zum Vollzug der Besitzergreifung im

Lande Kanaan sind besonders undurchsichtig. Aus dem Dunkel, das der biblische Bericht hier gelassen oder vielmehr geschaffen hat, konnte die Geschichtsforschung unserer Tage zwei Tatsachen herausgreifen. Die erste, von E. Sellin aufgedeckt, ist, daß die Juden, selbst nach der Aussage der Bibel störrisch und widerspenstig gegen ihren Gesetzgeber und Führer, sich eines Tages gegen ihn empörten, ihn erschlugen und die ihnen aufgedrängte Religion des Aton abwarfen wie früher die Ägypter. Die andere, von Ed. Meyer erwiesene, daß diese aus Ägypten zurückgekehrten Juden sich später mit anderen, ihnen nah verwandten Stämmen im Landgebiet zwischen Palästina, der Sinaihalbinsel und Arabien vereinigten und daß sie dort in einer wasserreichen Örtlichkeit Qadeš unter dem Einfluß der arabischen Midianiter eine neue Religion, die Verehrung des Vulkangottes Jahve, annahmen. Bald darauf waren sie bereit, als Eroberer in Kanaan einzubrechen.

Die zeitlichen Beziehungen dieser beiden Ereignisse zueinander und zum Auszug aus Ägypten sind sehr unsicher. Den nächsten historischen Anhaltspunkt gibt eine Stele des Pharao Merneptah (bis 1215), die im Bericht über Kriegszüge in Syrien und Palästina „Israel" unter den Besiegten anführt. Nimmt man das Datum dieser Stele als einen *terminus ad quem*, so bleibt für den ganzen Ablauf vom Auszug an etwa ein Jahrhundert (nach 1350 bis vor 1215). Es ist aber möglich, daß der Name „Israel" sich noch nicht auf die Stämme bezieht, deren Schicksale wir verfolgen, und daß uns in Wirklichkeit ein längerer Zeitraum zur Verfügung steht. Die Niederlassung des späteren jüdischen Volkes in Kanaan war gewiß keine rasch ablaufende Eroberung, sondern ein Vorgang, der sich in Schüben vollzog und über längere Zeiten erstreckte. Machen wir uns von der Einschränkung durch die Merneptah-Stele frei, so können wir um so leichter ein Menschenalter (30 Jahre) als die Zeit des Moses ansehen, dann mindestens zwei Generationen, wahrscheinlich aber mehr, bis zur Vereinigung in Qadeš vergehen lassen; das Intervall zwischen Qadeš und dem Aufbruch nach Kanaan braucht nur kurz zu sein; die jüdische Tradition hatte, wie in der vorigen Abhandlung gezeigt, gute Gründe, das Intervall zwischen Auszug und Religionsstiftung in Qadeš zu verkürzen; das Umgekehrte liegt im Interesse unserer Darstellung.

Aber das ist alles noch Historie, Versuch, die Lücken unserer Geschichtskenntnis auszufüllen, zum Teil Wiederholung aus der zweiten Abhandlung in *Imago*. Unser Interesse folgt den Schicksalen des Moses und seiner Lehren, denen die Empörung der Juden nur scheinbar ein Ende gesetzt hatte. Aus dem Bericht des Jahvisten, der um das Jahr 1000 niedergeschrieben wurde, aber sich gewiß auf frühere Fixierungen stützte, haben wir erkannt, daß mit der Vereinigung und Religionsstiftung in Qadeš ein Kompromiß einherging, an dem beide Anteile noch gut zu unterscheiden sind. Dem einen Partner lag nur daran, die Neuheit und Fremdheit des Gottes Jahve zu verleugnen und seinen Anspruch auf die Ergebenheit des Volkes zu steigern, der andere wollte ihm teure Erinnerungen an die Befreiung aus Ägypten und an die großartige Gestalt des Führers Moses nicht preisgeben, und es gelang ihm auch, die Tatsache wie den Mann in der neuen Darstellung der Vorgeschichte unterzubringen, wenigstens das äußere Zeichen der Mosesreligion, die Beschneidung, zu erhalten und vielleicht gewisse Einschränkungen im Gebrauch des neuen Gottesnamens durchzusetzen. Wir haben gesagt, die Vertreter dieser Ansprüche waren die Nachkommen der Mosesleute, die Leviten, nur durch wenige Generationen von den Zeit- und Volksgenossen des Moses entfernt und noch durch lebendige Erinnerung an sein Andenken gebunden. Die poetisch ausgeschmückten Darstellungen, die wir dem Jahvisten und seinem späteren Konkurrenten, dem Elohisten, zuschreiben, waren wie die Grabbauten, unter denen die wahre Kunde von jenen frühen Dingen, von der Natur der mosaischen Religion und von der gewaltsamen Beseitigung des großen Mannes, dem Wissen der späteren Generationen entzogen, gleichsam ihre ewige Ruhe finden sollte. Und wenn wir den Vorgang richtig erraten haben, so ist auch weiter nichts Rätselhaftes an ihm; er könnte aber sehr wohl das definitive Ende der Mosesepisode in der Geschichte des jüdischen Volkes bedeutet haben.

Das Merkwürdige ist nun, daß dem nicht so ist, daß die stärksten Wirkungen jenes Erlebnisses des Volkes erst später zum Vorschein kommen, sich im Laufe vieler Jahrhunderte allmählich in die Wirklichkeit drängen sollten. Es ist nicht wahrscheinlich, daß Jahve sich im Charakter viel von den Göttern der umwohnenden Völker und Stämme unterschied; er rang zwar mit ihnen, wie die Völker selbst miteinander stritten, aber man darf annehmen, daß es einem Jahveverehrer jener Zeiten ebensowenig in den Sinn kam, die Existenz der Götter von Kanaan, Moab, Amalek usw. zu leugnen wie die Existenz der Völker, die an sie glaubten.

Die monotheistische Idee, die mit Ikhnaton aufgeblitzt war, war wieder verdunkelt und sollte noch lange Zeit im Dunkel bleiben. Funde auf der Insel Elephantine, dicht vor dem ersten Katarakt des Nils, haben die überraschende Kunde ergeben, daß dort eine seit Jahrhunderten angesiedelte jüdische

Militärkolonie bestand, in deren Tempel neben dem Hauptgott Jahu zwei weibliche Gottheiten verehrt wurden, die eine Anat-Jahu genannt. Diese Juden waren allerdings vom Mutterlande abgeschnitten, hatten die religiöse Entwicklung daselbst nicht mitgemacht; die persische Reichsregierung (5. Jahrhundert) übermittelte ihnen die Kenntnis der neuen Kultvorschriften von Jerusalem. Zu älteren Zeiten zurückkehrend, dürfen wir sagen, daß Gott Jahve gewiß keine Ähnlichkeit mit dem mosaischen Gott hatte. Aton war Pazifist gewesen wie sein Vertreter auf Erden, eigentlich sein Vorbild, der Pharao Ikhnaton, der untätig zusah, wie das von seinen Ahnen gewonnene Weltreich auseinanderfiel. Für ein Volk, das sich zur gewaltsamen Besitzergreifung neuer Wohnsitze anschickte, war Jahve sicherlich besser geeignet. Und alles, was am mosaischen Gott verehrungswürdig war, entzog sich überhaupt dem Verständnis der primitiven Masse.

Ich habe schon gesagt – und mich dabei gern auf die Übereinstimmung mit anderen berufen –, die zentrale Tatsache der jüdischen Religionsentwicklung sei gewesen, daß der Gott Jahve im Laufe der Zeiten seine eigenen Charaktere verlor und immer mehr Ähnlichkeit mit dem alten Gotte Moses', dem Aton, gewann. Es blieben zwar Unterschiede, die man auf den ersten Blick hoch einzuschätzen geneigt wäre, aber diese sind leicht aufzuklären. Aton hatte in Ägypten zu herrschen begonnen in einer glücklichen Zeit gesicherten Besitzes, und selbst als das Reich zu wanken begann, hatten seine Verehrer sich von der Störung abwenden können und fuhren fort, seine Schöpfungen zu preisen und zu genießen.

Dem jüdischen Volk brachte das Schicksal eine Reihe von schweren Prüfungen und schmerzlichen Erfahrungen, sein Gott wurde hart und strenge, wie verdüstert. Er behielt den Charakter des universellen Gottes bei, der über alle Länder und Völker waltet, aber die Tatsache, daß seine Verehrung von den Ägyptern auf die Juden übergegangen war, fand ihren Ausdruck in dem Zusatz, die Juden seien sein auserwähltes Volk, dessen besondere Verpflichtungen am Ende auch besonderen Lohn finden würden. Es mag dem Volke nicht leicht geworden sein, den Glauben an die Bevorzugung durch seinen allmächtigen Gott mit den traurigen Erfahrungen seiner unglücklichen Schicksale zu vereinen. Aber man ließ sich nicht irremachen, man steigerte sein eigenes Schuldgefühl, um seine Zweifel an Gott zu ersticken, und vielleicht wies man am Ende auf „Gottes unerforschlichen Ratschluß" hin, wie es die Frommen noch heute tun. Wenn man sich darüber verwundern wollte, daß er immer neue

Gewalttäter auftreten ließ, von denen man unterworfen und mißhandelt wurde, die Assyrier, Babylonier, Perser, so erkannte man doch seine Macht darin, daß all diese bösen Feinde selbst wieder besiegt wurden und ihre Reiche verschwanden.

In drei wichtigen Punkten ist der spätere Judengott endlich dem alten mosaischen Gott gleich geworden. Der erste und entscheidende ist, daß er wirklich als der einzige Gott anerkannt wurde, neben dem ein anderer undenkbar war. Der Monotheismus Ikhnatons wurde von einem ganzen Volke ernst genommen, ja, dies Volk klammerte sich so sehr an diese Idee, daß sie der Hauptinhalt seines Geisteslebens wurde und daß ihm für anderes kein Interesse blieb. Das Volk und die in ihm herrschend gewordene Priesterschaft waren in diesem Punkte einig, aber während die Priester ihre Tätigkeit darin erschöpften, das Zeremoniell für seine Verehrung auszubauen, gerieten sie in Gegensatz zu intensiven Strömungen im Volke, die zwei andere der Lehren Moses' über seinen Gott wiederzubeleben suchten. Die Stimmen der Propheten wurden nicht müde zu verkünden, daß der Gott Zeremoniell und Opferdienst verschmähe und nur fordere, daß man an ihn glaube und ein Leben in Wahrheit und Gerechtigkeit führe. Und wenn sie die Einfachheit und Heiligkeit des Wüstenlebens priesen, so standen sie sicherlich unter dem Einfluß der mosaischen Ideale.

Es ist an der Zeit, die Frage aufzuwerfen, ob es überhaupt notwendig ist, den Einfluß des Moses auf die Endgestaltung der jüdischen Gottesvorstellung anzurufen, ob nicht die Annahme einer spontanen Entwicklung zu höherer Geistigkeit während eines über Jahrhunderte reichenden Kulturlebens genügt. Zu dieser Erklärungsmöglichkeit, die all unserem Rätselraten ein Ende setzen würde, ist zweierlei zu sagen. Erstens, daß sie nichts erklärt. Die gleichen Verhältnisse haben beim gewiß höchst begabten griechischen Volk nicht zum Monotheismus geführt, sondern zur Auflockerung der polytheistischen Religion und zum Beginn des philosophischen Denkens. In Ägypten war der Monotheismus erwachsen, soweit wir es verstehen, als eine Nebenwirkung des Imperialismus, Gott war die Spiegelung des ein großes Weltreich unumschränkt beherrschenden Pharao. Bei den Juden waren die politischen Zustände der Fortentwicklung von der Idee des exklusiven Volksgottes zu der des universellen Weltherrschers höchst ungünstig, und woher kam dieser winzigen und ohnmächtigen Nation die Vermessenheit, sich für das bevorzugte Lieblingskind des großen Herrn auszugeben? Die Frage nach der Entstehung des

Monotheismus bei den Juden bliebe so unbeantwortet, oder man begnügte sich mit der geläufigen Antwort, das sei eben der Ausdruck des besonderen religiösen Genies dieses Volkes. Das Genie ist bekanntlich unbegreiflich und unverantwortlich, und darum soll man es nicht eher zur Erklärung anrufen, als bis jede andere Lösung versagt hat.

Ferner trifft man auf die Tatsache, daß die jüdische Berichterstattung und Geschichtsschreibung selbst uns den Weg zeigt, indem sie, diesmal ohne sich selbst zu widersprechen, mit größter Entschiedenheit behauptet, die Idee eines einzigen Gottes sei dem Volke von Moses gebracht worden. Wenn es einen Einwand gegen die Glaubwürdigkeit dieser Versicherung gibt, so ist es der, daß die priesterliche Bearbeitung des uns vorliegenden Textes offenbar viel zuviel auf Moses zurückführt. Institutionen wie Ritualvorschriften, die unverkennbar späteren Zeiten angehören, werden als mosaische Gebote ausgegeben, in der deutlichen Absicht, Autorität für sie zu gewinnen. Das ist für uns gewiß ein Grund zum Verdacht, aber nicht genügend für eine Verwerfung. Denn das tiefere Motiv einer solchen Übertreibung liegt klar zutage. Die priesterliche Darstellung will ein Kontinuum zwischen ihrer Gegenwart und der mosaischen Frühzeit herstellen, sie will gerade das verleugnen, was wir als die auffälligste Tatsache der jüdischen Religionsgeschichte bezeichnet haben, daß zwischen der Gesetzgebung des Moses und der späteren jüdischen Religion eine Lücke klafft, die zunächst vom Jahvedienst ausgefüllt und erst später langsam verstrichen wurde. Sie bestreitet diesen Vorgang mit allen Mitteln, obwohl seine historische Richtigkeit über jedem Zweifel feststeht, da bei der besonderen Behandlung, die der biblische Text erfahren hat, überreichliche Angaben stehengeblieben sind, die ihn erweisen. Die priesterliche Bearbeitung hat hier Ähnliches versucht wie jene entstellende Tendenz, die den neuen Gott Jahve zum Gott der Väter machte. Tragen wir diesem Motiv des Priesterkodex Rechnung, so wird es uns schwer, der Behauptung den Glauben zu versagen, daß wirklich Moses selbst seinen Juden die monotheistische Idee gegeben hat. Unsere Zustimmung sollte uns um so leichter werden, da wir zu sagen wissen, woher diese Idee zu Moses kam, was die jüdischen Priester gewiß nicht mehr gewußt haben.

Hier könnte jemand die Frage aufwerfen, was haben wir davon, wenn wir den jüdischen Monotheismus vom ägyptischen ableiten? Das Problem wird dadurch nur um ein Stück verschoben; von der Genese der monotheistischen Idee wissen wir darum nicht mehr. Die Antwort darauf lautet, es ist keine Frage des Gewinns, sondern der Forschung. Und vielleicht lernen wir etwas dabei, wenn wir den wirklichen Hergang erfahren.

B
Latenzzeit und Tradition

Wir bekennen uns also zu dem Glauben, daß die Idee eines einzigen Gottes sowie die Verwerfung des magisch wirkenden Zeremoniells und die Betonung der ethischen Forderung in seinem Namen tatsächlich mosaische Lehren waren, die zunächst kein Gehör fanden, aber nach dem Ablauf einer langen Zwischenzeit zur Wirkung kamen und sich endlich für die Dauer durchsetzten. Wie soll man sich eine solche verspätete Wirkung erklären, und wo begegnet man ähnlichen Phänomenen?

Der nächste Einfall sagt, sie seien nicht selten auf sehr verschiedenen Gebieten zu finden und kommen wahrscheinlich auf mannigfache Weise zustande, mehr oder weniger leicht verständlich. Greifen wir z. B. das Schicksal einer neuen wissenschaftlichen Theorie wie der Darwinschen Evolutionslehre heraus. Sie findet zunächst erbitterte Ablehnung, wird durch Jahrzehnte heftig umstritten, aber es braucht nicht länger als eine Generation, bis sie als großer Fortschritt zur Wahrheit anerkannt wird. Darwin selbst erreicht noch die Ehre eines Grabes oder Kenotaphs in Westminster. Ein solcher Fall läßt uns wenig zu enträtseln. Die neue Wahrheit hat affektive Widerstände wachgerufen, diese lassen sich durch Argumente vertreten, mit denen man die Beweise zu Gunsten der unliebsamen Lehre bestreiten kann, der Kampf der Meinungen nimmt eine gewisse Zeit in Anspruch, von Anfang an gibt es Anhänger und Gegner, die Anzahl wie die Gewichtigkeit der ersteren nimmt immer zu, bis sie am Ende die Oberhand haben; während der ganzen Zeit des Kampfes ist niemals vergessen worden, um was es sich handelt. Wir verwundern uns kaum, daß der ganze Ablauf eine längere Zeit gebraucht hat, würdigen es wahrscheinlich nicht genug, daß wir es mit einem Vorgang der Massenpsychologie zu tun haben.

Es hat keine Schwierigkeit, zu diesem Vorgang eine voll entsprechende Analogie im Seelenleben eines Einzelnen zu finden. Dies wäre der Fall, daß jemand etwas als neu erfährt, was er auf Grund gewisser Beweise als Wahrheit anerkennen soll, was aber manchen seiner Wünsche widerspricht und einige der ihm wertvollen Überzeugungen beleidigt. Er wird dann zögern, nach Gründen suchen, mit denen er das Neue bezweifeln kann, und wird eine Weile mit sich selbst kämpfen, bis er sich am Ende eingesteht: es ist doch so, obwohl ich es nicht leicht annehme, obwohl es mir peinlich ist, daran glauben zu müssen. Wir lernen daraus nur, daß es Zeit verbraucht, bis die Verstandesarbeit des Ichs Einwendungen überwunden hat, die durch starke affektive Besetzungen gehalten werden. Die Ähnlichkeit zwischen diesem Fall und dem, um dessen Verständnis wir uns bemühen, ist nicht sehr groß.

Das nächste Beispiel, an das wir uns wenden, hat mit unserem Problem anscheinend noch weniger gemein. Es ereignet sich, daß ein Mensch scheinbar unbeschädigt die Stätte verläßt, an der er einen schreckhaften Unfall, z. B. einen Eisenbahnzusammenstoß, erlebt hat. Im Laufe der nächsten Wochen entwickelt er aber eine Reihe schwerer psychischer und motorischer Symptome, die man nur von seinem Schock, jener Erschütterung oder was sonst damals gewirkt hat, ableiten kann. Er hat jetzt eine „traumatische Neurose". Das ist eine ganz unverständliche, also eine neue Tatsache. Man heißt die Zeit, die zwischen dem Unfall und dem ersten Auftreten der Symptome verflossen ist, die „Inkubationszeit" in durchsichtiger Anspielung an die Pathologie der Infektionskrankheiten. Nachträglich muß es uns auffallen, daß trotz der fundamentalen Verschiedenheit der beiden Fälle zwischen dem Problem der traumatischen Neurose und dem des jüdischen Monotheismus doch in einem Punkt eine Übereinstimmung besteht. Nämlich in dem Charakter, den man die *Latenz* heißen könnte. Nach unserer gesicherten Annahme gibt es ja in der jüdischen Religionsgeschichte eine lange Zeit nach dem Abfall von der Mosesreligion, in der von der monotheistischen Idee, von der Verschmähung des Zeremoniells und von der Überbetonung des Ethischen nichts verspürt wird. So werden wir auf die Möglichkeit vorbereitet, daß die Lösung unseres Problems in einer besonderen psychologischen Situation zu suchen ist.

Wir haben bereits wiederholt dargestellt, was in Qadeš geschah, als die beiden Anteile des späteren jüdischen Volkes zur Annahme einer neuen Religion zusammentraten. Auf der Seite derer, die in Ägypten gewesen waren, waren die Erinnerungen an den Auszug und an die Gestalt des Moses noch so stark und lebhaft, daß sie Aufnahme in einem Bericht über die Vorzeit forderten. Es waren vielleicht die Enkel von Personen, die Moses selbst gekannt hatten, und einige von ihnen fühlten sich noch als Ägypter und trugen ägyptische Namen. Sie hatten aber gute Motive, die Erinnerung an das Schicksal zu verdrängen, das ihrem Führer und Gesetzgeber bereitet worden war. Für die anderen war die Absicht maßgebend, den neuen Gott zu verherrlichen und seine Fremdheit zu bestreiten. Beide Teile hatten das gleiche Interesse daran, zu verleugnen, daß es bei ihnen eine frühere Religion gegeben hatte und welches ihr Inhalt gewesen war. So kam jenes erste Kompromiß zustande, das wahrscheinlich bald eine schriftliche Fixierung fand; die Leute aus Ägypten hatten die Schrift und die Lust zur Geschichtsschreibung mitgebracht, aber es sollte noch lange dauern, bis die Geschichtsschreibung erkannte, daß sie zur unerbittlichen Wahrhaftigkeit verpflichtet sei. Zunächst machte sie sich kein Gewissen daraus, ihre Berichte nach ihren jeweiligen Bedürfnissen und Tendenzen zu gestalten, als wäre ihr der Begriff der Verfälschung noch nicht aufgegangen. Infolge dieser Verhältnisse konnte sich ein Gegensatz herausbilden zwischen der schriftlichen Fixierung und der mündlichen Überlieferung desselben Stoffes, der *Tradition*. Was in der Niederschrift ausgelassen oder abgeändert worden war, konnte sehr wohl in der Tradition unversehrt erhalten geblieben sein. Die Tradition war die Ergänzung und zugleich der Widerspruch zur Geschichtsschreibung. Sie war dem Einfluß der entstellenden Tendenzen weniger unterworfen, vielleicht in manchen Stücken ganz entzogen, und konnte darum wahrhaftiger sein als der schriftlich fixierte Bericht. Ihre Zuverlässigkeit litt aber darunter, daß sie unbeständiger und unbestimmter war als die Niederschrift, mannigfachen Veränderungen und Verunstaltungen ausgesetzt, wenn sie durch mündliche Mitteilung von einer Generation auf die andere übertragen wurde. Eine solche Tradition konnte verschiedenartige Schicksale haben. Am ehesten sollten wir erwarten, daß sie von der Niederschrift erschlagen wird, sich neben ihr nicht zu behaupten vermag, immer schattenhafter wird und endlich in Vergessenheit gerät. Aber es sind auch andere Schicksale möglich; eines davon ist, daß die Tradition selbst in einer schriftlichen Fixierung endet, und von noch anderen werden wir im weiteren Verlauf zu handeln haben.

Für das Phänomen der Latenz in der jüdischen Religionsgeschichte, das uns beschäftigt, bietet sich nun die Erklärung, daß die von der sozusagen offiziellen Geschichtsschreibung absichtlich verleugneten Tatbestände und Inhalte in Wirklichkeit nie verlorengegangen sind. Die Kunde von ihnen lebte in Traditionen fort, die sich im Volke erhielten. Nach der Versicherung von Sellin war ja selbst über den Ausgang Moses' eine Tradition vorhanden, die der offiziellen Darstellung glatt widersprach und der Wahrheit weit näherkam. Dasselbe, dürfen wir annehmen, traf auch für anderes zu, was scheinbar zugleich mit Moses seinen Untergang gefunden hatte, für manche Inhalte der mosaischen

Religion, die für die Überzahl der Zeitgenossen Moses' unannehmbar gewesen waren.

Die merkwürdige Tatsache, der wir hier begegnen, ist aber, daß diese Traditionen, anstatt sich mit der Zeit abzuschwächen, im Laufe der Jahrhunderte immer mächtiger wurden, sich in die späteren Bearbeitungen der offiziellen Berichterstattung eindrängten und endlich sich stark genug zeigten, um das Denken und Handeln des Volkes entscheidend zu beeinflussen. Welche Bedingungen diesen Ausgang ermöglicht haben, das entzieht sich allerdings zunächst unserer Kenntnis.

Diese Tatsache ist so merkwürdig, daß wir uns berechtigt fühlen, sie uns nochmals vorzuhalten. In ihr liegt unser Problem beschlossen. Das Judenvolk hatte die ihm von Moses gebrachte Atonreligion verlassen und sich der Verehrung eines anderen Gottes zugewendet, der sich wenig von den Baalim der Nachbarvölker unterschied. Allen Bemühungen späterer Tendenzen gelang es nicht, diesen beschämenden Sachverhalt zu verschleiern. Aber die Mosesreligion war nicht spurlos untergegangen, eine Art von Erinnerung an sie hatte sich erhalten, eine vielleicht verdunkelte und entstellte Tradition. Und diese Tradition einer großen Vergangenheit war es, die gleichsam aus dem Hintergrund zu wirken fortfuhr, allmählich immer mehr Macht über die Geister gewann und es endlich erreichte, den Gott Jahve in den mosaischen Gott zu verwandeln und die vor langen Jahrhunderten eingesetzte und dann verlassene Religion des Moses wieder zum Leben zu erwecken. Daß eine verschollene Tradition eine so mächtige Wirkung auf das Seelenleben eines Volkes üben sollte, ist keine uns vertraute Vorstellung. Wir finden uns da auf einem Gebiet der Massenpsychologie, in dem wir uns nicht heimisch fühlen. Wir halten Ausschau nach Analogien, nach Tatsachen von wenigstens ähnlicher Natur, wenn auch auf anderen Gebieten. Wir meinen, solche sind zu finden.

In den Zeiten, da sich bei den Juden die Wiederkehr der Mosesreligion vorbereitete, fand sich das griechische Volk im Besitz eines überaus reichen Schatzes von Geschlechtersagen und Heldenmythen. Im 9. oder 8. Jahrhundert, glaubt man, entstanden die beiden Homerischen Epen, die ihren Stoff diesem Sagenkreis entnahmen. Mit unseren heutigen psychologischen Einsichten hätte man lange vor Schliemann und Evans die Frage aufwerfen können: Woher nahmen die Griechen all das Sagenmaterial, das Homer und die großen attischen

Dramatiker in ihren Meisterwerken verarbeiteten? Die Antwort hätte lauten müssen: Dies Volk hat wahrscheinlich in seiner Vorgeschichte eine Zeit von äußerem Glanz und kultureller Blüte erlebt, die in einer historischen Katastrophe untergegangen ist und von der sich in diesen Sagen eine dunkle Tradition erhalten hat. Die archäologische Forschung unserer Tage hat dann diese Vermutung bestätigt, die damals sicherlich für allzu gewagt erklärt worden wäre. Sie hat die Zeugnisse für die großartige minoisch-mykenische Kultur aufgedeckt, die auf dem griechischen Festland wahrscheinlich schon vor 1250 v. Chr. zu Ende kam. Bei den griechischen Historikern der späteren Zeit findet sich kaum ein Hinweis auf sie. Einmal die Bemerkung, daß es eine Zeit gab, da die Kreter die Seeherrschaft innehatten, der Name des Königs Minos und seines Palastes, des Labyrinths; das ist alles, sonst ist nichts von ihr übriggeblieben als die von den Dichtern aufgegriffenen Traditionen.

Es sind Volksepen noch bei anderen Völkern, bei den Deutschen, Indern, Finnen, bekannt geworden. Es fällt den Literarhistorikern zu zu untersuchen, ob deren Entstehung dieselben Bedingungen annehmen läßt wie im Falle der Griechen. Ich glaube, die Untersuchung wird ein positives Ergebnis bringen. Die Bedingung, die wir erkennen, ist: ein Stück Vorgeschichte, das unmittelbar nachher als inhaltreich, bedeutsam und großartig, vielleicht immer als heldenhaft erscheinen mußte, das aber so weit zurückliegt, so entlegenen Zeiten angehört, daß den späteren Geschlechtern nur eine dunkle und unvollständige Tradition von ihr Kunde gibt. Man hat sich darüber verwundert, daß das Epos als Kunstgattung in späteren Zeiten erloschen ist. Vielleicht liegt die Erklärung darin, daß seine Bedingung sich nicht mehr herstellte. Der alte Stoff war aufgearbeitet, und für alle späteren Begebenheiten war die Geschichtsschreibung an die Stelle der Tradition getreten. Die größten Heldentaten unserer Tage waren nicht imstande, ein Epos zu inspirieren, aber schon Alexander der Große hatte ein Recht zur Klage, daß er keinen Homer finden werde.

Längstvergangene Zeiten haben eine große, eine oft rätselhafte Anziehung für die Phantasie der Menschen. Sooft sie mit ihrer Gegenwart unzufrieden sind – und das sind sie oft genug –, wenden sie sich zurück in die Vergangenheit und hoffen, diesmal den nie erloschenen Traum von einem goldenen Zeitalter bewahrheiten zu können. Wahrscheinlich stehen sie immer noch unter dem Zauber ihrer Kindheit, die ihnen von einer nicht unparteiischen Erinnerung als eine Zeit von ungestörter Seligkeit gespiegelt wird. Wenn von der Vergangenheit nur mehr die unvollständigen und verschwommenen Erinnerungen bestehen, die wir Tradition heißen, so ist das für den Künstler ein besonderer Anreiz, denn dann ist es ihm frei geworden, die Lücken der Erinnerung nach den Gelüsten seiner Phantasie auszufüllen und das Bild der Zeit, die er reproduzieren will, nach seinen Absichten zu gestalten. Beinahe könnte man sagen, je unbestimmter die Tradition geworden ist, desto brauchbarer wird sie für den Dichter. Über die Bedeutung der Tradition für die Dichtung brauchen wir uns also nicht zu verwundern, und die Analogie zur Bedingtheit des Epos wird uns der befremdlichen Annahme geneigter machen, daß es bei den Juden die Mosestradition war, welche den Jahvedienst im Sinne der alten Mosesreligion verwandelte. Aber die beiden Fälle sind sonst noch zu sehr verschieden. Dort ist das Ergebnis eine Dichtung, hier eine Religion, und für letztere haben wir angenommen, daß sie unter dem Antrieb der Tradition mit einer Treue reproduziert wurde, zu der der Fall des Epos natürlich das Gegenstück nicht zeigen kann. Somit bleibt von unserem Problem genug übrig, um das Bedürfnis nach besser zutreffenden Analogien zu rechtfertigen.

C
Die Analogie

Die einzige befriedigende Analogie zu dem merkwürdigen Vorgang, den wir in der jüdischen Religionsgeschichte erkannt haben, findet sich auf einem scheinbar weit abgelegenen Gebiet; aber sie ist sehr vollständig, sie kommt der Identität nahe. Dort begegnen uns wieder das Phänomen der Latenz, das Auftauchen unverständlicher, Erklärung heischender Erscheinungen und die Bedingung des frühen, später vergessenen Erlebnisses. Und ebenso der Charakter des Zwanges, der sich mit Überwältigung des logischen Denkens der Psyche aufdrängt, ein Zug, der z. B. bei der Genese des Epos nicht in Betracht kam.

Diese Analogie trifft sich in der Psychopathologie bei der Genese der menschlichen Neurosen, also auf einem Gebiet, das der Einzelpsychologie angehört, während die religiösen Phänomene natürlich zur Massenpsychologie zu rechnen sind. Es wird sich zeigen, daß diese Analogie nicht so überraschend ist, wie man zunächst meinen würde, ja, daß sie eher einem Postulat entspricht.

Die früh erlebten, später vergessenen Eindrücke, denen wir eine so große Bedeutung für die Ätiologie der Neurosen zuschreiben, heißen wir *Traumen.* Es mag dahingestellt bleiben, ob die Ätiologie der Neurosen allgemein als eine traumatische angesehen werden darf. Der naheliegende Einwand dagegen ist, daß sich nicht in allen Fällen ein offenkundiges Trauma aus der Urgeschichte des neurotischen Individuums herausheben läßt. Oft muß man sich bescheiden zu sagen, daß nichts anderes vorliegt als eine außergewöhnliche, abnorme Reaktion auf Erlebnisse und Anforderungen, die alle Individuen treffen und von ihnen in anderer, normal zu nennender Weise verarbeitet und erledigt werden. Wo zur Erklärung nichts anderes zur Verfügung steht als hereditäre und konstitutionelle Dispositionen, ist man begreiflicherweise versucht zu sagen, die Neurose werde nicht erworben, sondern entwickelt.

In diesem Zusammenhang heben sich aber zwei Punkte hervor. Der erste ist, daß die Genese der Neurose überall und jedesmal auf sehr frühe Kindheitseindrücke zurückgeht. Zweitens, es ist richtig, daß es Fälle gibt, die man als „traumatische" auszeichnet, weil die Wirkungen unverkennbar auf einen oder mehrere starke Eindrücke dieser Frühzeit zurückgehen, die sich einer normalen Erledigung entzogen haben, so daß man urteilen möchte, wären diese nicht vorgefallen, so wäre auch die Neurose nicht zustande gekommen. Es reichte nun für unsere Absichten hin, wenn wir die gesuchte Analogie nur auf diese traumatischen Fälle beschränken müßten. Aber die Kluft zwischen beiden Gruppen scheint nicht unüberbrückbar. Es ist sehr wohl möglich, beide ätiologischen Bedingungen in einer Auffassung zu vereinigen; es kommt nur darauf an, was man als traumatisch definiert. Wenn man annehmen darf, daß das Erlebnis den traumatischen Charakter nur infolge eines quantitativen Faktors erwirbt, daß also in allen Fällen die Schuld an einem Zuviel von Anspruch liegt, wenn das Erlebnis ungewöhnliche, pathologische Reaktionen hervorruft, so kann man leicht zur Auskunft gelangen, daß bei der einen Konstitution etwas als Trauma wirkt, was bei einer anderen keine solche Wirkung hätte. Es ergibt sich dann die Vorstellung einer gleitenden sog. *Ergänzungsreihe*, in der zwei Faktoren zur ätiologischen Erfüllung zusammentreten, ein Minder von einem durch ein Mehr vom anderen ausgeglichen wird, im allgemeinen ein Zusammenwirken beider stattfindet und nur an den beiden Enden der Reihe von einer einfachen Motivierung die Rede sein kann. Nach dieser Erwägung kann man die Unterscheidung von traumatischer und nicht traumatischer Ätiologie als für die von uns gesuchte Analogie unwesentlich beiseite lassen.

Vielleicht ist es trotz der Gefahr der Wiederholung zweckmäßig, hier die Tatsachen zusammenzustellen, welche die für uns bedeutsame Analogie enthalten. Es sind folgende: Es hat sich für unsere Forschung herausgestellt, daß das, was wir die Phänomene (Symptome) einer Neurose heißen, die Folgen von gewissen Erlebnissen und Eindrücken sind, die wir eben darum als ätiologische Traumen anerkennen. Wir haben nun zwei Aufgaben vor uns: erstens die gemeinsamen Charaktere dieser Erlebnisse und zweitens die der neurotischen Symptome aufzusuchen, wobei gewisse Schematisierungen nicht vermieden zu werden brauchen.

Ad I: *a)* Alle diese Traumen gehören der frühen Kindheit bis etwa zu 5 Jahren an. Eindrücke aus der Zeit der beginnenden Sprachfähigkeit heben sich als besonders interessant hervor; die Periode von 2-4 Jahren erscheint als die wichtigste; wann nach der Geburt diese Zeit der Empfänglichkeit beginnt, läßt sich nicht sicher feststellen, *b)* Die betreffenden Erlebnisse sind in der Regel völlig vergessen, sie sind der Erinnerung nicht zugänglich, fallen in die Periode der infantilen Amnesie, die zumeist durch einzelne Erinnerungsreste, sog. Deckerinnerungen, durchbrochen wird. *c)* Sie beziehen sich auf Eindrücke sexueller und aggressiver Natur, gewiß auch auf frühzeitige Schädigungen des Ichs (narzißtische Kränkungen). Dazu ist zu bemerken, daß so junge Kinder zwischen sexuellen und rein aggressiven Handlungen nicht scharf unterscheiden wie später (sadistisches Mißverständnis des Sexualaktes). Das Überwiegen des sexuellen Moments ist natürlich sehr auffällig und verlangt nach theoretischer Würdigung.

Diese drei Punkte – frühzeitliches Vorkommen innerhalb der ersten 5 Jahre, Vergessenheit, sexuell-aggressiver Inhalt – gehören eng zusammen. Die Traumen sind entweder Erlebnisse am eigenen Körper oder Sinneswahrnehmungen, meist von Gesehenem und Gehörtem, also Erlebnisse oder Eindrücke. Der Zusammenhang jener drei Punkte wird durch eine Theorie hergestellt, ein Ergebnis der analytischen Arbeit, die allein eine Kenntnis der vergessenen Erlebnisse vermitteln, greller, aber auch inkorrekter ausgedrückt, sie in die Erinnerung zurückbringen kann. Die Theorie lautet, daß im Gegensatz zur populären Meinung das Geschlechtsleben der Menschen – oder was ihm in späterer Zeit entspricht – eine Frühblüte zeigt, die mit etwa 5 Jahren zu Ende ist, worauf die sogenannte Latenzzeit – bis zur Pubertät – folgt, in der keine Fortentwicklung der Sexualität vor sich geht, ja das Erreichte rückgängig gemacht wird. Diese Lehre wird durch anatomische Untersuchung des Wachstums der inneren Genitalien bestätigt; sie führt zur Vermutung, daß der Mensch von einer Tierart abstammt, die mit 5 Jahren geschlechtsreif wurde, und weckt den Verdacht, daß der Aufschub und zweizeitige Ansatz des Sexuallebens aufs innigste mit der Geschichte der Menschwerdung zusammenhängt. Der Mensch scheint das einzige Tierwesen mit solcher Latenz und Sexualverspätung zu sein. Untersuchungen an Primaten, die meines Wissens nicht vorliegen, wären für die Prüfung der Theorie unerläßlich. Psychologisch kann es nicht gleichgültig sein, daß die Periode der infantilen Amnesie mit dieser Frühzeit der Sexualität zusammenfällt. Vielleicht bringt dieser Sachverhalt die wirkliche Bedingung für die Möglichkeit der Neurose, die ja im gewissen Sinne ein menschliches Vorrecht ist und in dieser Betrachtung als ein Überbleibsel (*survival*) der Urzeit erscheint wie gewisse Bestandstücke der Anatomie unseres Körpers.

Ad II, gemeinsame Eigenschaften oder Besonderheiten der neurotischen Phänomene: Es sind zwei Punkte hervorzuheben, *a)* Die Wirkungen des Traumas sind von zweierlei Art, positive und negative. Die ersteren sind Bemühungen, das Trauma wieder zur Geltung zu bringen, also das vergessene Erlebnis zu erinnern, oder noch besser, es real zu machen, eine Wiederholung davon von neuem zu erleben, wenn es auch nur eine frühere Affektbeziehung war, dieselbe in einer analogen Beziehung zu einer anderen Person neu wiederaufleben zu lassen. Man faßt diese Bemühungen zusammen als *Fixierung* an das Trauma und als *Wiederholungszwang*. Sie können in das sog. normale Ich aufgenommen werden und als ständige Tendenzen desselben ihm unwandelbare Charakterzüge verleihen, obwohl oder vielmehr gerade weil ihre wirkliche Begründung, ihr historischer Ursprung vergessen ist. So kann ein Mann, der seine Kindheit in übermäßiger, heute vergessener Mutterbindung verbracht hat, sein ganzes Leben über nach einer Frau suchen, von der er sich abhängig machen kann, von der er sich nähren und erhalten läßt. Ein Mädchen, das in früher Kindheit Objekt einer sexuellen Verführung wurde, kann ihr späteres Sexualleben darauf einrichten, immer wieder solche Angriffe zu provozieren. Es ist leicht zu erraten, daß wir durch solche Einsichten über das Problem der Neurose hinaus zum Verständnis der Charakterbildung überhaupt vordringen.

Die negativen Reaktionen verfolgen das entgegengesetzte Ziel, daß von den vergessenen Traumen nichts erinnert und nichts wiederholt werden soll. Wir können sie als *Abwehrreaktionen* zusammenfassen. Ihr Hauptausdruck sind die sog. *Vermeidungen*, die sich zu *Hemmungen* und *Phobien* steigern können. Auch diese negativen Reaktionen leisten die stärksten Beiträge zur Prägung des Charakters; im Grunde sind sie ebenso Fixierungen an das Trauma wie ihre Gegner, nur sind es Fixierungen mit entgegengesetzter Tendenz. Die Symptome der Neurose im engeren Sinne sind Kompromißbildungen, zu denen beiderlei von den Traumen ausgehende Strebungen zusammentreten, so daß bald der Anteil der einen, bald der anderen Richtung in ihnen überwiegenden Ausdruck findet. Durch diesen Gegensatz der Reaktionen werden Konflikte hergestellt, die regulärerweise zu keinem Abschluß kommen können.

b) Alle diese Phänomene, die Symptome wie die Einschränkungen des Ichs und die stabilen Charakterveränderungen, haben *Zwangs*charakter, d. h. bei großer psychischer Intensität zeigen sie eine weitgehende Unabhängigkeit von der Organisation der anderen seelischen Vorgänge, die den Forderungen der realen Außenwelt angepaßt sind, den Gesetzen des logischen Denkens gehorchen. Sie werden durch die äußere Realität nicht oder nicht genug beeinflußt, kümmern sich nicht um sie und um ihre psychische Vertretung, so daß sie leicht in aktiven Widerspruch zu beiden geraten. Sie sind gleichsam ein Staat im Staat, eine unzugängliche, zur Zusammenarbeit unbrauchbare Partei, der es aber gelingen kann, das andere, sog. Normale zu überwinden und in ihren Dienst zu zwingen. Geschieht dies, so ist damit die Herrschaft einer inneren psychischen Realität über die Realität der Außenwelt erreicht, der Weg zur Psychose eröffnet. Auch wo es nicht so weit kommt, ist die praktische Bedeutung dieser Verhältnisse kaum zu überschätzen. Die Lebenshemmung und Lebensunfähigkeit der von einer Neurose beherrschten Personen ist ein in der menschlichen Gesellschaft sehr bedeutsamer Faktor, und man darf in ihr den direkten Ausdruck ihrer Fixierung an ein frühes Stück ihrer Vergangenheit erkennen.

Und nun fragen wir, was ist es mit der Latenz, die uns mit Rücksicht auf die Analogie besonders interessieren muß? An das Trauma der Kindheit kann sich ein neurotischer Ausbruch unmittelbar anschließen, eine Kindheitsneurose, erfüllt von den Bemühungen zur Abwehr, unter Bildung von Symptomen. Sie kann längere Zeit anhalten, auffällige Störungen verursachen, aber auch latent verlaufen und übersehen werden. In ihr behält in der Regel die Abwehr die Oberhand; auf jeden Fall bleiben Ichveränderungen, den Narbenbildungen vergleichbar, zurück. Nur selten setzt sich die Kinderneurose ohne Unterbrechung in die Neurose des Erwachsenen fort. Weit häufiger wird sie abgelöst von einer Zeit anscheinend ungestörter Entwicklung, ein Vorgang, der durch das Dazwischentreten der physiologischen Latenzperiode unterstützt oder ermöglicht wird. Erst später tritt die Wandlung ein, mit der die endgültige Neurose als verspätete Wirkung des Traumas manifest wird. Dies geschieht entweder mit dem Einbruch der Pubertät oder eine Weile später. Im ersteren Falle, indem die durch die physische Reifung verstärkten Triebe nun den Kampf wiederaufnehmen können, in dem sie anfänglich der Abwehr unterlegen sind, im anderen Falle, weil die bei der Abwehr hergestellten Reaktionen und Ichveränderungen sich nun als hinderlich für die Erledigung der neuen Lebensaufgaben erweisen, so daß es nun zu schweren Konflikten zwischen den Anforderungen der realen Außenwelt und dem Ich kommt, das seine im Abwehrkampf mühsam erworbene Organisation bewahren will. Das Phänomen einer Latenz der Neurose zwischen den ersten Reaktionen auf das Trauma und dem späteren Ausbruch der Erkrankung muß als typisch anerkannt werden. Man darf diese Erkrankung auch als Heilungsversuch ansehen, als Bemühung, die durch den Einfluß des Traumas abgespaltenen Anteile des Ichs wieder mit dem übrigen zu versöhnen und zu einem gegen die Außenwelt machtvollen Ganzen zu vereinigen. Aber ein solcher Versuch gelingt nur selten, wenn nicht die analytische Arbeit zu Hilfe kommt, auch dann nicht immer, und er endet häufig genug in einer völligen Verwüstung und Zersplitterung des Ichs oder in dessen Überwältigung durch den frühzeitig abgespaltenen, vom Trauma beherrschten Anteil.

Um die Überzeugung des Lesers zu gewinnen, wäre die ausführliche Mitteilung zahlreicher neurotischer Lebensgeschichten erforderlich. Aber bei der Weitläufigkeit und Schwierigkeit des Gegenstandes würde dies den Charakter dieser Arbeit völlig aufheben. Sie würde sich in eine Abhandlung über Neurosenlehre umwandeln und auch dann wahrscheinlich nur auf jene Minderzahl wirken, die das Studium und die Ausübung der Psychoanalyse zur Lebensaufgabe gewählt hat. Da ich mich hier an einen weiteren Kreis wende, kann ich nichts anderes tun, als den Leser ersuchen, daß er den im Vorstehenden abgekürzt mitgeteilten Ausführungen eine gewisse vorläufige Glaubwürdigkeit zugestehe, womit also das Zugeständnis meinerseits verbunden ist, daß er die

Folgerungen, zu denen ich ihn führe, nur dann anzunehmen braucht, wenn die Lehren, die ihre Voraussetzungen sind, sich als richtig bewähren.

Ich kann immerhin versuchen, einen einzelnen Fall zu erzählen, der manche der erwähnten Eigentümlichkeiten der Neurose besonders deutlich erkennen läßt. Natürlich darf man von einem einzigen Fall nicht erwarten, daß er alles zeigen wird, und braucht nicht enttäuscht zu sein, wenn er sich inhaltlich weit von dem entfernt, wozu wir die Analogie suchen.

Das Knäblein, das, wie so häufig in kleinbürgerlichen Familien, in den ersten Lebensjahren das Schlafzimmer mit den Eltern teilte, hatte wiederholt, ja regelmäßig Gelegenheit, im Alter der kaum erreichten Sprachfähigkeit die sexuellen Vorgänge zwischen den Eltern zu beobachten, manches zu sehen und mehr noch zu hören. In seiner späteren Neurose, die unmittelbar nach der ersten spontanen Pollution ausbricht, ist Schlafstörung das früheste und lästigste Symptom. Er wird außerordentlich empfindlich gegen nächtliche Geräusche und kann, einmal geweckt, den Schlaf nicht wiederfinden. Diese Schlafstörung war ein richtiges Kompromißsymptom, einerseits der Ausdruck seiner Abwehr gegen jene nächtlichen Wahrnehmungen, andererseits ein Versuch, das Wachsein wiederherzustellen, in dem er jenen Eindrücken lauschen konnte.

Durch solche Beobachtung frühzeitig zu aggressiver Männlichkeit geweckt, begann das Kind seinen kleinen Penis mit der Hand zu erregen und verschiedene sexuelle Angriffe auf die Mutter zu unternehmen, in der Identifizierung mit dem Vater, an dessen Stelle er sich dabei setzte. Das ging so fort, bis er sich endlich von der Mutter das Verbot holte, sein Glied zu berühren, und des weiteren die Drohung von ihr hörte, sie werde es dem Vater sagen und der ihm zur Strafe das sündige Glied wegnehmen. Diese Kastrationsdrohung hatte eine außerordentlich starke traumatische Wirkung auf den Knaben. Er gab seine sexuelle Tätigkeit auf und änderte seinen Charakter. Anstatt sich mit dem Vater zu identifizieren, fürchtete er ihn, stellte sich passiv zu ihm ein und provozierte ihn durch gelegentliche Schlimmheit zu körperlichen Züchtigungen, die für ihn sexuelle Bedeutung hatten, so daß er sich dabei mit der mißhandelten Mutter identifizieren konnte. An die Mutter selbst klammerte er sich immer ängstlicher an, als ob er keinen Moment lang ihre Liebe entbehren könnte, in der er den Schutz gegen die vom Vater drohende Kastrationsgefahr erblickte. In dieser Modifikation des Ödipuskomplexes verbrachte er die Latenzzeit, die von auffälligen Störungen frei blieb. Er wurde ein Musterknabe, hatte guten Erfolg in der Schule.

Soweit haben wir die unmittelbare Wirkung des Traumas verfolgt und die Tatsache der Latenz bestätigt.

Der Eintritt der Pubertät brachte die manifeste Neurose und offenbarte deren zweites Hauptsymptom, die sexuelle Impotenz. Er hatte die Empfindlichkeit seines Gliedes eingebüßt, versuchte nicht, es zu berühren, wagte nicht, sich einer Frau in sexueller Absicht zu nähern. Seine sexuelle Betätigung blieb eingeschränkt auf psychische Onanie mit sadistisch-masochistischen Phantasien, in denen man unschwer die Ausläufer jener frühen Koitusbeobachtungen an den Eltern erkennt. Der Schub verstärkter Männlichkeit, den die Pubertät mit sich bringt, wurde für wütenden Vaterhaß und Widersetzlichkeit gegen den Vater aufgewendet. Dies extreme, bis zur Selbstzerstörung rücksichtslose Verhältnis zum Vater verschuldete auch seinen Mißerfolg im Leben und seine Konflikte mit der Außenwelt. Er durfte es in seinem Beruf zu nichts bringen, weil der Vater ihn in diesen Beruf gedrängt hatte. Er machte auch keine Freunde, stand nie gut zu seinen Vorgesetzten.

Als er, mit diesen Symptomen und Unfähigkeiten behaftet, nach dem Tode des Vaters endlich eine Frau gefunden hatte, kamen wie als Kern seines Wesens Charakterzüge bei ihm zum Vorschein, die den Umgang mit ihm zur schweren Aufgabe für alle ihm Näherstehenden machten. Er entwickelte eine absolut egoistische, despotische und brutale Persönlichkeit, der es offenbar Bedürfnis war, die anderen zu unterdrücken und zu kränken. Es war die getreue Kopie des Vaters, wie sich dessen Bild in seiner Erinnerung gestaltet hatte, also ein Wiederaufleben der Vateridentifizierung, in die sich seinerzeit der kleine Knabe aus sexuellen Motiven begeben hatte. In diesem Stück erkennen wir die *Wiederkehr* des Verdrängten, die wir nebst den unmittelbaren Wirkungen des Traumas und dem Phänomen der Latenz unter den wesentlichen Zügen einer Neurose beschrieben haben.

D
Anwendung

Frühes Trauma – Abwehr – Latenz – Ausbruch der neurotischen Erkrankung – teilweise Wiederkehr des Verdrängten: so lautet die Formel, die wir für die Entwicklung einer Neurose aufgestellt haben. Der Leser wird nun eingeladen,

den Schritt zur Annahme zu machen, daß im Leben der Menschenart Ähnliches vorgefallen ist wie in dem der Individuen. Also daß es auch hier Vorgänge gegeben hat sexuell-aggressiven Inhalts, die bleibende Folgen hinterlassen haben, aber zumeist abgewehrt, vergessen wurden, später, nach langer Latenz zur Wirkung gekommen sind und Phänomene, den Symptomen ähnlich in Aufbau und Tendenz, geschaffen haben.

Wir glauben diese Vorgänge erraten zu können und wollen zeigen, daß ihre symptomähnlichen Folgen die religiösen Phänomene sind. Da sich seit dem Auftauchen der Evolutionsidee nicht mehr bezweifeln läßt, daß das Menschengeschlecht eine Vorgeschichte hat, und da diese unbekannt, das heißt vergessen ist, hat ein solcher Schluß beinahe das Gewicht eines Postulats. Wenn wir erfahren, daß die wirksamen und vergessenen Traumen sich hier wie dort auf das Leben in der menschlichen Familie beziehen, werden wir dies als eine hocherwünschte, nicht vorhergesehene, von den bisherigen Erörterungen nicht erforderte Zugabe begrüßen.

Ich habe diese Behauptungen schon vor einem Vierteljahrhundert in meinem Buch *Totem und Tabu* (1912–13) aufgestellt und brauche sie hier nur zu wiederholen. Die Konstruktion geht von einer Angabe Ch. Darwins aus und bezieht eine Vermutung von Atkinson ein. Sie besagt, daß in Urzeiten der Urmensch in kleinen Horden lebte, jede unter der Herrschaft eines starken Männchens. Die Zeit ist nicht angebbar, der Anschluß an die uns bekannten geologischen Epochen nicht erreicht, wahrscheinlich hatte es jenes Menschenwesen in der Sprachentwicklung noch nicht weit gebracht. Ein wesentliches Stück der Konstruktion ist die Annahme, daß die zu beschreibenden Schicksale alle Urmenschen, also alle unsere Ahnen betroffen haben.

Die Geschichte wird in großartiger Verdichtung erzählt, als ob sich ein einziges Mal zugetragen hätte, was sich in Wirklichkeit über Jahrtausende erstreckt hat und in dieser langen Zeit ungezählt oft wiederholt worden ist. Das starke Männchen war Herr und Vater der ganzen Horde, unbeschränkt in seiner Macht, die er gewalttätig gebrauchte. Alle weiblichen Wesen waren sein Eigentum, die Frauen und Töchter der eigenen Horde, wie vielleicht auch die aus anderen Horden geraubten. Das Schicksal der Söhne war ein hartes; wenn sie die Eifersucht des Vaters erregten, wurden sie erschlagen oder kastriert oder ausgetrieben. Sie waren darauf angewiesen, in kleinen Gemeinschaften zusammenzuleben und sich Frauen durch Raub zu verschaffen, wo es dann dem einen oder anderen gelingen konnte, sich zu einer ähnlichen Position emporzuarbeiten wie die des Vaters in der Urhorde. Eine Ausnahmestellung ergab sich aus natürlichen Gründen für die jüngsten Söhne, die durch die Liebe der Mütter geschützt aus dem Altern des Vaters Vorteil ziehen und ihn nach seinem Ableben ersetzen konnten. Sowohl von der Austreibung der älteren wie von der Bevorzugung der jüngsten Söhne glaubt man Nachklänge in Sagen und Märchen zu erkennen.

Der nächste, entscheidende Schritt zur Änderung dieser ersten Art von „sozialer" Organisation soll gewesen sein, daß die vertriebenen, in Gemeinschaft lebenden Brüder sich zusammentaten, den Vater überwältigten und ihn nach der Sitte jener Zeiten roh verzehrten. An diesem Kannibalismus braucht man keinen Anstoß zu nehmen, er ragt weit in spätere Zeiten hinein. Wesentlich ist es aber, daß wir diesen Urmenschen die nämlichen Gefühlseinstellungen zuschreiben, wie wir sie bei den Primitiven der Gegenwart, unseren Kindern, durch analytische Erforschung feststellen können. Also daß sie den Vater nicht nur haßten und fürchteten, sondern auch ihn als Vorbild verehrten, und daß jeder sich in Wirklichkeit an seine Stelle setzen wollte. Der kannibalistische Akt wird dann verständlich als Versuch, sich durch Einverleibung eines Stücks von ihm der Identifizierung mit ihm zu versichern.

Es ist anzunehmen, daß nach der Vatertötung eine längere Zeit folgte, in der die Brüder miteinander um das Vatererbe stritten, das ein jeder für sich allein gewinnen wollte. Die Einsicht in die Gefahren und die Erfolglosigkeit dieser Kämpfe, die Erinnerung an die gemeinsam vollbrachte Befreiungstat und die Gefühlsbindungen aneinander, die während der Zeiten der Vertreibung entstanden waren, führten endlich zu einer Einigung unter ihnen, einer Art von Gesellschaftsvertrag. Es entstand die erste Form einer sozialen Organisation mit *Triebverzicht*, Anerkennung von gegenseitigen *Verpflichtungen*, Einsetzung bestimmter, für unverbrüchlich (heilig) erklärter *Institutionen*, die Anfänge also von Moral und Recht. Jeder einzelne verzichtete auf das Ideal, die Vaterstellung für sich zu erwerben, auf den Besitz von Mutter und Schwestern. Damit war das *Inzesttabu* und das Gebot der *Exogamie* gegeben. Ein gutes Stück der durch die Beseitigung des Vaters frei gewordenen Machtvollkommenheit ging auf die Frauen über, es kam die Zeit des *Matriarchats*. Das Andenken des Vaters lebte zu dieser Periode des „Brüderbundes" fort. Ein starkes, vielleicht zuerst immer auch gefürchtetes Tier wurde als Vaterersatz gefunden. Eine solche Wahl mag uns befremdend erscheinen, aber die Kluft, die der Mensch später zwischen sich und dem Tier hergestellt hat, bestand nicht für den Primitiven und besteht auch nicht bei unseren Kindern, deren Tierphobien wir als Vaterangst verstehen konnten. Im Verhältnis zum Totemtier war die ursprüngliche Zwiespältigkeit (Ambivalenz) der Gefühlsbeziehung zum Vater voll erhalten. Der Totem galt einerseits als leiblicher Ahnherr und Schutzgeist des Clans, er mußte verehrt und geschont werden, anderseits wurde ein Festtag eingesetzt, an dem ihm das Schicksal bereitet wurde, das der Urvater gefunden hatte. Er wurde von allen Genossen gemeinsam getötet und verzehrt (Totemmahlzeit nach Robertson Smith). Dieser große Festtag war in Wirklichkeit eine Triumphfeier des Sieges der verbündeten Söhne über den Vater.

Wo bleibt in diesem Zusammenhange die Religion? Ich meine, wir haben ein volles Recht, im Totemismus mit seiner Verehrung eines Vaterersatzes, der durch die Totemmahlzeit bezeugten Ambivalenz, der Einsetzung von Gedenkfeiern, von Verboten, deren Übertretung mit dem Tode bestraft wird – wir dürfen im Totemismus, sage ich, die erste Erscheinungsform der Religion in der menschlichen Geschichte erkennen und deren von Anfang an bestehende Verknüpfung mit sozialen Gestaltungen und moralischen Verpflichtungen bestätigen. Die weiteren Entwicklungen der Religion können wir hier nur in kürzester Überschau behandeln. Sie gehen ohne Zweifel parallel mit den kulturellen Fortschritten des Menschengeschlechts und den Veränderungen im Aufbau der menschlichen Gemeinschaften.

Der nächste Fortschritt vom Totemismus her ist die Vermenschlichung des verehrten Wesens. An die Stelle der Tiere treten menschliche Götter, deren Herkunft vom Totem nicht verhüllt ist. Entweder wird der Gott noch in Tiergestalt oder wenigstens mit dem Angesicht des Tieres gebildet, oder der Totem wird zum bevorzugten Begleiter des Gottes, von ihm unzertrennlich, oder die Sage läßt den Gott gerade dieses Tier erlegen, das doch nur seine Vorstufe war. An einer nicht leicht bestimmbaren Stelle dieser Entwicklung treten große Muttergottheiten auf, wahrscheinlich noch vor den männlichen Göttern, die sich dann lange Zeit neben diesen erhalten. Unterdes hat sich eine große soziale Umwälzung vollzogen. Das Mutterrecht wurde durch eine wiederhergestellte patriarchalische Ordnung abgelöst. Die neuen Väter erreichten freilich nie die Allmacht des Urvaters, es waren ihrer viele, die in größeren Verbänden, als die Horde gewesen war, miteinander lebten; sie mußten sich miteinander gut vertragen, blieben durch soziale Satzungen beschränkt. Wahrscheinlich entstanden die Muttergottheiten zur Zeit der Einschränkung des Matriarchats zur Entschädigung der zurückgesetzten Mütter. Die männlichen Gottheiten erscheinen zuerst als Söhne neben den großen Müttern, erst später nehmen sie deutlich die Züge von Vatergestalten an. Diese männlichen Götter des Polytheismus spiegeln die Verhältnisse der patriarchalischen Zeit wider. Sie sind zahlreich, beschränken einander gegenseitig, unterordnen sich gelegentlich einem überlegenen Obergott. Der nächste Schritt aber führt zu dem Thema, das uns hier beschäftigt, zur Wiederkehr des einen, einzigen, unumschränkt herrschenden Vatergottes.

Es ist zuzugeben, daß diese historische Übersicht lückenhaft und in manchen Punkten ungesichert ist. Aber wer unsere Konstruktion der Urgeschichte nur für phantastisch erklären wollte, der würde den Reichtum und die Beweiskraft des Materials, das in sie eingegangen ist, arg unterschätzen. Große Stücke der Vergangenheit, die hier zu einem Ganzen verknüpft werden, sind historisch bezeugt, der Totemismus, die Männerbünde. Anderes hat sich in ausgezeichneten Repliken erhalten. So ist es mehrmals einem Autor aufgefallen, wie getreu der Ritus der christlichen Kommunion, in der der Gläubige in symbolischer Form Blut und Fleisch seines Gottes sich einverleibt, Sinn und Inhalt der alten Totemmahlzeit wiederholt. Zahlreiche Überbleibsel der vergessenen Urzeit sind in den Sagen und Märchen der Völker erhalten, und in unerwarteter Reichhaltigkeit hat das analytische Studium des kindlichen Seelenlebens Stoff geliefert, um die Lücken unserer Kenntnis der Urzeiten auszufüllen. Als Beiträge zum Verständnis des so bedeutsamen Vaterverhältnisses brauche ich nur die Tierphobien, die so seltsam anmutende Furcht, vom Vater gefressen zu werden, und die ungeheure Intensität der Kastrationsangst anzuführen. Es ist nichts an unserer Konstruktion, was frei erfunden wäre, was sich nicht auf gute Grundlagen stützen könnte.

Nimmt man unsere Darstellung der Urgeschichte als im ganzen glaubwürdig an, so erkennt man in den religiösen Lehren und Riten zweierlei Elemente: einerseits Fixierungen an die alte Familiengeschichte und Überlebsel derselben, anderseits Wiederherstellungen des Vergangenen, Wiederkehren des Vergessenen nach langen Intervallen. Der letztere Anteil ist der, der, bisher übersehen und darum nicht verstanden, hier an wenigstens einem eindrucksvollen Beispiel erwiesen werden soll.

Es ist besonderer Hervorhebung wert, daß jedes aus der Vergessenheit wiederkehrende Stück sich mit besonderer Macht durchsetzt, einen unvergleichlich starken Einfluß auf die Menschenmassen übt und einen unwiderstehlichen Anspruch auf Wahrheit erhebt, gegen den logischer Einspruch machtlos bleibt. Nach Art des *Credo quia absurdum*. Dieser merkwürdige Charakter läßt sich nur nach dem Muster des Irrwahns der Psychotiker verstehen. Wir haben längst begriffen, daß in der Wahnidee ein Stück vergessener Wahrheit steckt, das sich bei seiner Wiederkehr Entstellungen und Mißverständnisse gefallenlassen mußte, und daß die zwanghafte Überzeugung, die sich für den Wahn herstellt, von diesem Wahrheitskern ausgeht und sich auf die umhüllenden Irrtümer ausbreitet. Einen solchen Gehalt an *historisch* zu nennender Wahrheit müssen wir auch den Glaubenssätzen der Religionen zugestehen, die zwar den Charakter psychotischer Symptome an sich tragen, aber als Massenphänomene dem Fluch der Isolierung entzogen sind.

Kein anderes Stück der Religionsgeschichte ist uns so durchsichtig geworden wie die Einsetzung des Monotheismus im Judentum und dessen Fortsetzung im Christentum, wenn wir die ähnlich lückenlos verständliche Entwicklung vom tierischen Totem zum menschlichen Gott mit seinem regelmäßigen Begleiter beiseite lassen. (Noch jeder der vier christlichen Evangelisten hat sein Lieblingstier.) Lassen wir vorläufig die pharaonische Weltherrschaft als Anlaß für das Auftauchen der monotheistischen Idee gelten, so sehen wir, daß diese, von ihrem Boden losgelöst und auf ein anderes Volk übertragen, von diesem Volk nach einer langen Zeit der Latenz Besitz ergreift, als kostbarster Besitz von ihm gehütet wird und nun ihrerseits das Volk am Leben erhält, indem sie ihm den Stolz der Auserwähltheit schenkt. Es ist die Religion des Urvaters, an die sich die Hoffnung auf Belohnung, Auszeichnung, endlich auf Weltherrschaft knüpft. Diese letztere Wunschphantasie, vom jüdischen Volk längst aufgegeben, lebt noch heute bei den Feinden des Volkes im Glauben an die Verschwörung der „Weisen von Zion" fort. Wir behalten uns vor, in einem späteren Abschnitt darzustellen, wie die besonderen Eigentümlichkeiten der Ägypten entlehnten monotheistischen Religion auf das jüdische Volk wirken und seinen Charakter für die Dauer prägen mußten durch die Ablehnung von Magie und Mystik, die Anregung zu Fortschritten in der Geistigkeit, die Aufforderung zu Sublimierungen, wie das Volk durch den Besitz der Wahrheit beseligt, überwältigt vom Bewußtsein der Auserwähltheit, zur Hochschätzung des Intellektuellen und zur Betonung des Ethischen gelangte und wie die traurigen Schicksale, die realen Enttäuschungen dieses Volkes alle diese Tendenzen verstärken konnten. Für jetzt wollen wir die Entwicklung in anderer Richtung verfolgen.

Die Wiedereinsetzung des Urvaters in seine historischen Rechte war ein großer Fortschritt, aber es konnte nicht das Ende sein. Auch die anderen Stücke der prähistorischen Tragödie drängten nach Anerkennung. Was diesen Prozeß in Gang brachte, ist nicht leicht zu erraten. Es scheint, daß ein wachsendes Schuldbewußtsein sich des jüdischen Volkes, vielleicht der ganzen damaligen Kulturwelt bemächtigt hatte als Vorläufer der Wiederkehr des verdrängten Inhalts. Bis dann einer aus diesem jüdischen Volk in der Justifizierung eines politisch-religiösen Agitators den Anlaß fand, mit dem eine neue, die christliche Religion sich vom Judentum ablöste. Paulus, ein römischer Jude aus Tarsus, griff dieses Schuldbewußtsein auf und führte es richtig auf seine urgeschichtliche Quelle zurück. Er nannte diese die „Erbsünde", es war ein Verbrechen gegen Gott, das nur durch den Tod gesühnt werden konnte. Mit der Erbsünde war der Tod in die Welt gekommen. In Wirklichkeit war dies todwürdige Verbrechen der Mord am später vergötterten Urvater gewesen. Aber es wurde nicht die Mordtat erinnert, sondern anstatt dessen ihre Sühnung phantasiert, und darum konnte diese Phantasie als Erlösungsbotschaft (*Evangelium*) begrüßt werden. Ein Sohn Gottes hatte sich als Unschuldiger töten lassen und damit die Schuld aller auf sich genommen. Es mußte ein Sohn sein, denn es war ja ein Mord am Vater gewesen. Wahrscheinlich hatten Traditionen aus orientalischen und griechischen Mysterien auf den Ausbau der Erlösungsphantasie Einfluß genommen. Das Wesentliche an ihr scheint Paulus' eigener Beitrag gewesen zu sein. Er war ein im eigentlichsten Sinn religiös veranlagter Mensch; die dunklen Spuren der Vergangenheit lauerten in seiner Seele, bereit zum Durchbruch in bewußtere Regionen.

Daß sich der Erlöser schuldlos geopfert hatte, war eine offenbar tendenziöse Entstellung, die dem logischen Verständnis Schwierigkeiten bereitete, denn wie soll ein an der Mordtat Unschuldiger die Schuld der Mörder auf sich nehmen können, dadurch, daß er sich selbst töten läßt? In der historischen Wirklichkeit bestand ein solcher Widerspruch nicht. Der „Erlöser" konnte kein anderer sein als der Hauptschuldige, der Anführer der Brüderbande, die den Vater überwältigt hatte. Ob es einen solchen Hauptrebellen und Anführer gegeben hat, muß man nach meinem Urteil unentschieden lassen. Es ist sehr wohl möglich, aber man muß auch in Betracht ziehen, daß jeder einzelne der

Brüderbande gewiß den Wunsch hatte, für sich allein die Tat zu begehen und sich so eine Ausnahmestellung und einen Ersatz für die aufzugebende, in der Gemeinschaft untergehende Vateridentifizierung zu schaffen. Wenn es keinen solchen Anführer gab, dann ist Christus der Erbe einer unerfüllt gebliebenen Wunschphantasie, wenn ja, dann ist er sein Nachfolger und seine Reinkarnation. Aber gleichgültig, ob hier Phantasie oder Wiederkehr einer vergessenen Realität vorliegt, jedenfalls ist an dieser Stelle der Ursprung der Vorstellung vom Heros zu finden, vom Helden, der sich ja immer gegen den Vater empört und ihn in irgendeiner Gestalt tötet. Auch die wirkliche Begründung der sonst schwer nachweisbaren „tragischen Schuld" des Helden im Drama. Es ist kaum zu bezweifeln, daß der Held und der Chor im griechischen Drama diesen selben rebellischen Helden und die Brüderbande darstellen, und es ist nicht bedeutungslos, daß im Mittelalter das Theater mit der Darstellung der Passionsgeschichte wieder neu beginnt.

Wir haben schon gesagt, daß die christliche Zeremonie der heiligen Kommunion, in der der Gläubige Blut und Fleisch des Heilands sich einverleibt, den Inhalt der alten Totemmahlzeit wiederholt, freilich nur in ihrem zärtlichen, die Verehrung ausdrückenden, nicht in ihrem aggressiven Sinn. Die Ambivalenz, die das Vaterverhältnis beherrscht, zeigte sich aber deutlich im Endergebnis der religiösen Neuerung. Angeblich zur Versöhnung des Vatergottes bestimmt, ging sie in dessen Entthronung und Beseitigung aus. Das Judentum war eine Vaterreligion gewesen, das Christentum wurde eine Sohnesreligion. Der alte Gottvater trat hinter Christus zurück, Christus, der Sohn, kam an seine Stelle, ganz so, wie es in jener Urzeit jeder Sohn ersehnt hatte. Paulus, der Fortsetzer des Judentums, wurde auch sein Zerstörer. Seinen Erfolg dankte er gewiß in erster Linie der Tatsache, daß er durch die Erlösungsidee das Schuldbewußtsein der Menschheit beschwor, aber daneben auch dem Umstand, daß er die Auserwähltheit seines Volkes und ihr sichtbares Anzeichen, die Beschneidung, aufgab, so daß die neue Religion eine universelle, alle Menschen umfassende werden konnte. Mag an diesem Schritt des Paulus auch seine persönliche Rachsucht Anteil gehabt haben ob des Widerspruchs, den seine Neuerung in jüdischen Kreisen fand, so war doch damit ein Charakter der alten Atonreligion wiederhergestellt, eine Einengung aufgehoben worden, die sie beim Übergang auf einen neuen Träger, auf das jüdische Volk, erworben hatte.

In manchen Hinsichten bedeutete die neue Religion eine kulturelle Regression gegen die ältere, jüdische, wie es ja beim Einbruch oder bei der Zulassung neuer

Menschenmassen von niedrigerem Niveau regelmäßig der Fall ist. Die christliche Religion hielt die Höhe der Vergeistigung nicht ein, zu der sich das Judentum aufgeschwungen hatte. Sie war nicht mehr streng monotheistisch, übernahm von den umgebenden Völkern zahlreiche symbolische Riten, stellte die große Muttergottheit wieder her und fand Platz zur Unterbringung vieler Göttergestalten des Polytheismus in durchsichtiger Verhüllung, obzwar in untergeordneten Stellungen. Vor allem verschloß sie sich nicht wie die Atonreligion und die ihr nachfolgende mosaische dem Eindringen abergläubischer, magischer und mystischer Elemente, die für die geistige Entwicklung der nächsten zwei Jahrtausende eine schwere Hemmung bedeuten sollten.

Der Triumph des Christentums war ein erneuerter Sieg der Ammonspriester über den Gott Ikhnatons nach anderthalbtausendjährigem Intervall und auf erweitertem Schauplatz. Und doch war das Christentum religionsgeschichtlich, d. h. in bezug auf die Wiederkehr des Verdrängten, ein Fortschritt, die jüdische Religion von da ab gewissermaßen ein Fossil.

Es wäre der Mühe wert zu verstehen, wie es kam, daß die monotheistische Idee grade auf das jüdische Volk einen so tiefen Eindruck machen und von ihm so zähe festgehalten werden konnte. Ich glaube, man kann diese Frage beantworten. Das Schicksal hatte dem jüdischen Volke die Großtat und Untat der Urzeit, die Vatertötung, nähergerückt, indem es dasselbe veranlaßte, sie an der Person des Moses, einer hervorragenden Vatergestalt, zu wiederholen. Es war ein Fall von „Agieren", anstatt zu erinnern, wie er sich so häufig während der analytischen Arbeit am Neurotiker ereignet. Auf die Anregung zur Erinnerung, die ihnen die Lehre Moses' brachte, reagierten sie aber mit der Verleugnung ihrer Aktion, blieben bei der Anerkennung des großen Vaters stehen und sperrten sich so den Zugang zur Stelle, an der später Paulus die Fortsetzung der Urgeschichte anknüpfen sollte. Es ist kaum gleichgültig oder zufällig, daß die gewaltsame Tötung eines anderen großen Mannes auch der Ausgangspunkt für die religiöse Neuschöpfung des Paulus wurde. Eines Mannes, den eine kleine Anzahl von Anhängern in Judäa für den Sohn Gottes und den angekündigten Messias hielt, auf den auch später ein Stück der dem Moses angedichteten Kindheitsgeschichte überging, von dem wir aber in Wirklichkeit kaum mehr Sicheres wissen als von Moses selbst, nicht wissen, ob er wirklich der große Lehrer war, den die Evangelien schildern, oder ob nicht vielmehr die Tatsache und die Umstände seines Todes entscheidend wurden für die Bedeutung, die seine Person gewonnen hat. Paulus, der sein Apostel wurde, hat ihn selbst nicht gekannt.

Die von Sellin aus ihren Spuren in der Tradition erkannte, merkwürdigerweise auch vom jungen Goethe ohne jeden Beweis angenommene Tötung des Moses durch sein Judenvolk' wird so ein unentbehrliches Stück unserer Konstruktion, ein wichtiges Bindeglied zwischen dem vergessenen Vorgang der Urzeit und dem späten Wiederauftauchen in der Form der monotheistischen Religionen. Es ist eine ansprechende Vermutung, daß die Reue um den Mord an Moses den Antrieb zur Wunschphantasie vom Messias gab, der wiederkommen und seinem Volk die Erlösung und die versprochene Weltherrschaft bringen sollte. Wenn Moses dieser erste Messias war, dann ist Christus sein Ersatzmann und Nachfolger geworden, dann konnte auch Paulus mit einer gewissen historischen Berechtigung den Völkern zurufen: „Sehet, der Messias ist wirklich gekommen, er ist ja vor euren Augen hingemordet worden." Dann ist auch an der Auferstehung Christi ein Stück historischer Wahrheit, denn er war der wiedergekehrte Urvater der primitiven Horde, verklärt und als Sohn an die Stelle des Vaters gerückt.

Das arme jüdische Volk, das mit gewohnter Hartnäckigkeit den Mord am Vater zu verleugnen fortfuhr, hat im Laufe der Zeiten schwer dafür gebüßt. Es wurde ihm immer wieder vorgehalten: Ihr habt unseren Gott getötet. Und dieser Vorwurf hat recht, wenn man ihn richtig übersetzt. Er lautet dann auf die Geschichte der Religionen bezogen: Ihr wollt nicht *zugeben*, daß ihr Gott (das Urbild Gottes, den Urvater, und seine späteren Reinkarnationen) gemordet habt. Ein Zusatz sollte aussagen: Wir haben freilich dasselbe getan, aber wir haben es *zugestanden*, und wir sind seither entsühnt. Nicht alle Vorwürfe, mit denen der Antisemitismus die Nachkommen des jüdischen Volkes verfolgt, können sich auf eine ähnliche Rechtfertigung berufen. Ein Phänomen von der Intensität und Dauerhaftigkeit des Judenhasses der Völker muß natürlich mehr als nur einen Grund haben. Man kann eine ganze Reihe von Gründen erraten, manche offenkundig aus der Realität abgeleitet, die keiner Deutung bedürfen, andere, tieferliegende, aus geheimen Quellen stammend, die man als die spezifischen Motive anerkennen möchte. Von den ersteren ist der Vorwurf der Landfremdheit wohl der hinfälligste, denn an vielen heute vom Antisemitismus beherrschten Orten gehören die Juden zu den ältesten Anteilen der Bevölkerung oder sind selbst früher zur Stelle gewesen als die gegenwärtigen Einwohner. Das trifft z. B. zu für die Stadt Köln, wohin die Juden mit den Römern kamen, ehe sie noch von Germanen besetzt wurde. Andere Begründungen des Judenhasses sind stärker, so der Umstand, daß sie zumeist als Minoritäten unter anderen Völkern leben, denn das Gemeinschaftsgefühl der Massen braucht zu seiner Ergänzung die Feindseligkeit gegen eine außenstehende Minderzahl, und die numerische Schwäche dieser Ausgeschlossenen fordert zu deren Unterdrückung auf. Ganz unverzeihlich sind aber zwei andere Eigenheiten der Juden. Erstens, daß sie in manchen Hinsichten verschieden sind von ihren „Wirtsvölkern". Nicht grundverschieden, denn sie sind nicht fremdrassige Asiaten, wie die Feinde behaupten, sondern zumeist aus Resten der mediterranen Völker zusammengesetzt und Erben der Mittelmeerkultur. Aber sie sind doch anders, oft in undefinierbarer Art anders als zumal die nordischen Völker, und die Intoleranz der Massen äußert sich merkwürdigerweise gegen kleine Unterschiede stärker als gegen fundamentale Differenzen.

Noch stärker wirkt der zweite Punkt, nämlich daß sie allen Bedrückungen trotzen, daß es den grausamsten Verfolgungen nicht gelungen ist, sie auszurotten, ja, daß sie vielmehr die Fähigkeit zeigen, sich im Erwerbsleben zu behaupten und, wo man sie zuläßt, wertvolle Beiträge zu allen kulturellen Leistungen zu machen.

Die tieferen Motive des Judenhasses wurzeln in längst vergangenen Zeiten, sie wirken aus dem Unbewußten der Völker, und ich bin darauf gefaßt, daß sie zunächst nicht glaubwürdig erscheinen werden. Ich wage die Behauptung, daß die Eifersucht auf das Volk, welches sich für das erstgeborene, bevorzugte Kind Gottvaters ausgab, bei den anderen heute noch nicht überwunden ist, so als ob sie dem Anspruch Glauben geschenkt hätten. Ferner hat unter den Sitten, durch die sich die Juden absonderten, die der Beschneidung einen unliebsamen, unheimlichen Eindruck gemacht, der sich wohl durch die Mahnung an die gefürchtete Kastration erklärt und damit an ein gern vergessenes Stück der urzeitlichen Vergangenheit rührt. Und endlich das späteste Motiv dieser Reihe, man sollte nicht vergessen, daß alle diese Völker, die sich heute im Judenhaß hervortun, erst in späthistorischen Zeiten Christen geworden sind, oft durch blutigen Zwang dazu getrieben. Man könnte sagen, sie sind alle „schlecht getauft", unter einer dünnen Tünche von Christentum sind sie geblieben, was ihre Ahnen waren, die einem barbarischen Polytheismus huldigten. Sie haben ihren Groll gegen die neue, ihnen aufgedrängte Religion nicht überwunden, aber sie haben ihn auf die Quelle verschoben, von der das Christentum zu ihnen kam. Die Tatsache, daß die Evangelien eine Geschichte erzählen, die unter Juden und eigentlich nur von Juden handelt, hat ihnen eine solche Verschiebung erleichtert. Ihr Judenhaß ist im Grunde Christenhaß, und man braucht sich nicht zu wundern, daß in der deutschen nationalsozialistischen Revolution diese innige Beziehung der zwei monotheistischen Religionen in der feindseligen Behandlung beider so deutlichen Ausdruck findet.

E
Schwierigkeiten

Vielleicht ist es im Vorstehenden geglückt, die Analogie zwischen neurotischen Vorgängen und den religiösen Geschehnissen durchzuführen und damit auf den unvermuteten Ursprung der letzteren hinzuweisen. Bei dieser Übertragung aus der Individual- in die Massenpsychologie stellen sich zwei Schwierigkeiten heraus von verschiedener Natur und Würdigkeit, denen wir uns jetzt zuwenden müssen. Die erste ist, daß wir hier nur einen Fall aus der reichhaltigen Phänomenologie der Religionen behandelt, kein Licht geworfen haben auf die anderen. Mit Bedauern muß der Autor eingestehen, daß er nicht mehr geben kann als diese eine Probe, daß sein Fachwissen nicht ausreicht, um die Untersuchung zu vervollständigen. Er kann aus seiner beschränkten Kenntnis etwa noch hinzufügen, der Fall der mahomedanischen Religionsstiftung erscheine ihm wie eine abgekürzte Wiederholung der jüdischen, als deren Nachahmung sie auftrat. Es scheint ja, daß der Prophet ursprünglich die Absicht hatte, für sich und sein Volk das Judentum voll anzunehmen. Die Wiedergewinnung des einzigen großen Urvaters brachte bei den Arabern eine außerordentliche Hebung des Selbstbewußtseins hervor, die zu großen weltlichen Erfolgen führte, sich aber auch in ihnen erschöpfte. Allah zeigte sich seinem auserwählten Volk weit dankbarer als seinerzeit Jahve dem seinen. Aber die innere Entwicklung der neuen Religion kam bald zum Stillstand, vielleicht weil es an der Vertiefung fehlte, die im jüdischen Falle der Mord am Religionsstifter verursacht hatte. Die anscheinend rationalistischen Religionen des Ostens sind ihrem Kern nach Ahnenkult, machen also auch halt bei einer frühen Stufe der Rekonstruktion des Vergangenen. Wenn es richtig ist, daß bei primitiven Völkern der Jetztzeit die Anerkennung eines höchsten Wesens als einziger Inhalt ihrer Religion gefunden wird, so kann man dies nur als Verkümmerung der Religionsentwicklung auffassen und in Beziehung setzen zu den ungezählten Fällen rudimentärer Neurosen, die man auf jenem anderen Gebiet konstatiert. Warum es hier wie dort nicht weitergegangen ist, dafür fehlt uns in beiden Fällen das Verständnis. Man muß daran denken, die individuelle Begabung dieser Völker, die Richtung ihrer Tätigkeit und ihrer allgemeinen sozialen Zustände dafür verantwortlich zu machen. Übrigens ist es eine gute Regel der analytischen Arbeit, daß man sich mit der Erklärung des Vorhandenen begnüge und sich nicht bemühe zu erklären, was nicht zustande gekommen ist.

Die zweite Schwierigkeit bei dieser Übertragung auf die Massenpsychologie ist weit bedeutsamer, weil sie ein neues Problem von prinzipieller Natur aufwirft. Es stellt sich die Frage, in welcher Form ist die wirksame Tradition im Leben der Völker vorhanden, eine Frage, die es beim Individuum nicht gibt, denn hier ist sie durch die Existenz der Erinnerungsspuren des Vergangenen im Unbewußten erledigt. Gehen wir auf unser historisches Beispiel zurück. Wir haben das Kompromiß in Qadeš auf den Fortbestand einer mächtigen Tradition bei den aus Ägypten Zurückgekehrten begründet. Dieser Fall birgt kein Problem. Nach unserer Annahme stützte sich eine solche Tradition auf bewußte Erinnerung an mündliche Mitteilungen, die die damals Lebenden von ihren Vorfahren, nur zwei oder drei Generationen zurück, empfangen hatten, und letztere waren Teilnehmer und Augenzeugen der betreffenden Ereignisse gewesen. Aber können wir für die späteren Jahrhunderte dasselbe glauben, daß die Tradition immer ein auf normale Weise mitgeteiltes Wissen zur Grundlage hatte, das vom Ahn auf den Enkel übertragen worden? Welches die Personen waren, die ein solches Wissen bewahrten und es mündlich fortpflanzten, läßt sich nicht mehr wie im früheren Falle angeben. Nach Sellin war die Tradition vom Mord an Moses in Priesterkreisen immer vorhanden, bis sie endlich ihren schriftlichen Ausdruck fand, der allein es Sellin möglich machte, sie zu erraten. Aber sie kann nur wenigen bekannt gewesen sein, sie war nicht Volksgut. Und reicht das aus, um ihre Wirkung zu erklären? Kann man einem solchen Wissen von wenigen die Macht zuschreiben, die Massen so nachhaltig zu ergreifen, wenn es zu ihrer Kenntnis kommt? Es sieht doch eher so aus, als müßte auch in der unwissenden Masse etwas vorhanden sein, was dem Wissen der wenigen irgendwie verwandt ist und ihm entgegenkommt, wenn es geäußert wird.

Die Beurteilung wird noch schwieriger, wenn wir uns zum analogen Fall aus der Urzeit wenden. Daß es einen Urvater von den bekannten Eigenschaften gegeben und welches Schicksal ihn betroffen, ist im Laufe der Jahrtausende ganz gewiß vergessen worden, auch kann man keine mündliche Tradition davon wie im Falle Moses annehmen. In welchem Sinne kommt also eine Tradition überhaupt in Betracht? In welcher Form kann sie vorhanden gewesen sein?

Um es Lesern leichter zu machen, die nicht gewillt oder nicht vorbereitet sind, sich in einen komplizierten psychologischen Sachverhalt zu vertiefen, werde ich das Ergebnis der nun folgenden Untersuchung voranstellen. Ich meine, die Übereinstimmung zwischen dem Individuum und der Masse ist in diesem Punkt eine fast vollkommene, auch in den Massen bleibt der Eindruck der Vergangenheit in unbewußten Erinnerungsspuren erhalten.

Beim Individuum glauben wir klarzusehen. Die Erinnerungsspur des früh Erlebten ist in ihm erhalten geblieben, nur in einem besonderen psychologischen Zustand. Man kann sagen, das Individuum hat es immer gewußt, so wie man eben um das Verdrängte weiß. Wir haben uns da bestimmte, durch die Analyse unschwer zu erhärtende Vorstellungen gebildet, wie etwas vergessen werden und wie es nach einer Weile wieder zum Vorschein kommen kann. Das Vergessene ist nicht ausgelöscht, sondern nur „verdrängt", seine Erinnerungsspuren sind in aller Frische vorhanden, aber durch „Gegenbesetzungen" isoliert. Sie können nicht in den Verkehr mit den anderen intellektuellen Vorgängen eintreten, sind unbewußt, dem Bewußtsein unzugänglich. Es kann auch sein, daß gewisse Anteile des Verdrängten sich dem Prozeß entzogen haben, der Erinnerung zugänglich bleiben, gelegentlich im Bewußtsein auftauchen, aber auch dann sind sie isoliert, wie Fremdkörper außer Zusammenhang mit dem anderen. Es kann so sein, aber es braucht nicht so zu sein, die Verdrängung kann auch vollständig sein, und an diesen Fall wollen wir uns für das Weitere halten.

Dies Verdrängte behält seinen Auftrieb, sein Streben, zum Bewußtsein vorzudringen. Es erreicht sein Ziel unter drei Bedingungen, 1) wenn die Stärke der Gegenbesetzung herabgesetzt wird durch Krankheitsprozesse, die das andere, das sogenannte Ich, befallen, oder durch eine andere Verteilung der Besetzungsenergien in diesem Ich, wie es regelmäßig im Schlafzustand geschieht; 2) wenn die am Verdrängten haftenden Triebanteile eine besondere Verstärkung erfahren, wofür die Vorgänge während der Pubertät das beste Beispiel geben; 3) wenn im rezenten Erleben zu irgendeiner Zeit Eindrücke, Erlebnisse auftreten, die dem Verdrängten so ähnlich sind, daß sie es zu erwecken vermögen. Dann verstärkt sich das Rezente durch die latente Energie des Verdrängten, und das Verdrängte kommt hinter dem Rezenten mit seiner Hilfe zur Wirkung. In keinem dieser drei Fälle kommt das bisher Verdrängte glatt, unverändert zum Bewußtsein, sondern immer muß es sich Entstellungen gefallen lassen, die den Einfluß des nicht ganz überwundenen Widerstandes aus der Gegenbesetzung bezeugen oder den modifizierenden Einfluß des rezenten Erlebnisses oder beides.

Als Kennzeichen und Anhalt zur Orientierung hat uns die Unterscheidung gedient, ob ein psychischer Vorgang bewußt oder unbewußt ist. Das Verdrängte ist unbewußt. Nun wäre es eine erfreuliche Vereinfachung, wenn dieser Satz auch eine Umkehrung zuließe, wenn also die Differenz der Qualitäten bewußt (bw) und unbewußt (ubw) zusammenfiele mit der Scheidung: ichzugehörig und verdrängt. Die Tatsache, daß es in unserem Seelenleben solche isolierten und unbewußten Dinge gibt, wäre neu und wichtig genug. In Wirklichkeit liegt es komplizierter. Es ist richtig, daß alles Verdrängte unbewußt ist, aber nicht mehr richtig, daß alles, was zum Ich gehört, bewußt ist. Wir werden darauf aufmerksam, daß das Bewußtsein eine flüchtige Qualität ist, die einem psychischen Vorgang nur vorübergehend anhaftet. Wir müssen darum für unsere Zwecke „bewußt" ersetzen durch „bewußtseinsfähig" und nennen diese Qualität „vorbewußt" (vbw). Wir sagen dann richtiger, das Ich ist wesentlich vorbewußt (virtuell bewußt), aber Anteile des Ichs sind unbewußt.

Diese letztere Feststellung lehrt uns, daß die Qualitäten, an die wir uns bisher gehalten haben, zur Orientierung im Dunkel des Seelenlebens nicht ausreichen. Wir müssen eine andere Unterscheidung einführen, die nicht mehr qualitativ, sondern *topisch* und, was ihr einen besonderen Wert verleiht, gleichzeitig *genetisch* ist. Wir sondern jetzt in unserem Seelenleben, das wir als einen aus mehreren Instanzen, Bezirken, Provinzen zusammengesetzten Apparat auffassen, eine Region, die wir das eigentliche *Ich* heißen, von einer anderen, die wir das *Es* nennen. Das Es ist das ältere, das Ich hat sich aus ihm wie eine Rindenschicht durch den Einfluß der Außenwelt entwickelt. Im Es greifen unsere ursprünglichen Triebe an, alle Vorgänge im Es verlaufen unbewußt. Das Ich deckt sich, wie wir bereits erwähnt haben, mit dem Bereich des Vorbewußten, es enthält Anteile, die normalerweise unbewußt bleiben. Für die psychischen Vorgänge im Es gelten ganz andere Gesetze des Ablaufs und der gegenseitigen Beeinflussung, als die im Ich herrschen. In Wirklichkeit ist es ja die Entdeckung dieser Unterschiede, die uns zu unserer neuen Auffassung geleitet hat und diese rechtfertigt.

Das *Verdrängte* ist dem Es zuzurechnen und unterliegt auch den Mechanismen desselben, es sondert sich nur in Hinsicht der Genese von ihm ab. Die Differenzierung vollzieht sich in der Frühzeit, während sich das Ich aus dem

Es entwickelt. Dann wird ein Teil der Inhalte des Es vom Ich aufgenommen und auf den vorbewußten Zustand gehoben, ein anderer Teil wird von dieser Übersetzung nicht betroffen und bleibt als das eigentliche Unbewußte im Es zurück. Im weiteren Verlauf der Ichbildung werden aber gewisse psychische Eindrücke und Vorgänge im Ich durch einen Abwehrprozeß ausgeschlossen; der Charakter des Vorbewußten wird ihnen entzogen, so daß sie wiederum zu Bestandteilen des Es erniedrigt worden sind. Dies ist also das „Verdrängte" im Es. Was den Verkehr zwischen beiden seelischen Provinzen betrifft, so nehmen wir also an, daß einerseits der unbewußte Vorgang im Es aufs Niveau des Vorbewußten gehoben und dem Ich einverleibt wird und daß anderseits Vorbewußtes im Ich den umgekehrten Weg machen und ins Es zurückversetzt werden kann. Es bleibt außerhalb unseres gegenwärtigen Interesses, daß sich später im Ich ein besonderer Bezirk, der des „Über-Ich", abgrenzt.

Das alles mag weit entfernt von einfach scheinen, aber wenn man sich mit der ungewohnten räumlichen Auffassung des seelischen Apparats befreundet hat, kann es der Vorstellung doch keine besonderen Schwierigkeiten bereiten. Ich füge noch die Bemerkung an, daß die hier entwickelte psychische Topik nichts mit der Gehirnanatomie zu tun hat, sie eigentlich nur an einer Stelle streift. Das Unbefriedigende an dieser Vorstellung, das ich so deutlich wie jeder andere verspüre, geht von unserer völligen Unwissenheit über die *dynamische* Natur der seelischen Vorgänge aus. Wir sagen uns, was eine bewußte Vorstellung von einer vorbewußten, diese von einer unbewußten unterscheidet, kann nichts anderes sein als eine Modifikation, vielleicht auch eine andere Verteilung der psychischen Energie. Wir sprechen von Besetzungen und Überbesetzungen, aber darüber hinaus fehlt uns jede Kenntnis und sogar jeder Ansatz zu einer brauchbaren Arbeitshypothese. Über das Phänomen des Bewußtseins können wir noch angeben, daß es ursprünglich an der Wahrnehmung hängt. Alle Empfindungen, die durch Wahrnehmung von Schmerz-, Getast-, Gehörs- oder Gesichtsreizungen entstehen, sind am ehesten bewußt. Die Denkvorgänge und was ihnen im Es analog sein mag, sind an sich unbewußt und erwerben sich den Zugang zum Bewußtsein durch Verknüpfung mit Erinnerungsresten von Wahrnehmungen des Gesichts und Gehörs auf dem Wege der Sprachfunktion. Beim Tier, dem die Sprache fehlt, müssen diese Verhältnisse einfacher liegen.

Die Eindrücke der frühen Traumen, von denen wir ausgegangen sind, werden entweder nicht ins Vorbewußte übersetzt oder bald durch die Verdrängung in den Eszustand zurückversetzt. Ihre Erinnerungsreste sind dann unbewußt und wirken vom Es aus. Wir glauben ihr weiteres Schicksal gut verfolgen zu können, solange es sich bei ihnen um Selbsterlebtes handelt. Eine neue Komplikation tritt aber hinzu, wenn wir auf die Wahrscheinlichkeit aufmerksam werden, daß im psychischen Leben des Individuums nicht nur selbsterlebte, sondern auch bei der Geburt mitgebrachte Inhalte wirksam sein mögen, Stücke von phylogenetischer Herkunft, eine *archaische Erbschaft*. Es entstehen dann die Fragen, worin besteht diese, was enthält sie, was sind ihre Beweise?

Die nächste und sicherste Antwort lautet, sie besteht in bestimmten Dispositionen, wie sie allen Lebewesen eigen sind. Also in der Fähigkeit und Neigung, bestimmte Entwicklungsrichtungen einzuschlagen und auf gewisse Erregungen, Eindrücke und Reize in einer besonderen Weise zu reagieren. Da die Erfahrung zeigt, daß sich bei den Einzelwesen der Menschenart in dieser Hinsicht Differenzen ergeben, so schließt die archaische Erbschaft diese Differenzen ein, sie stellen dar, was man als das *konstitutionelle* Moment im Einzelnen anerkennt. Da nun alle Menschen wenigstens in ihrer Frühzeit ungefähr das nämliche erleben, reagieren sie darauf auch in gleichartiger Weise, und es konnte der Zweifel entstehen, ob man nicht diese Reaktionen mitsamt ihren individuellen Differenzen der archaischen Erbschaft zurechnen soll. Der Zweifel ist abzuweisen; durch die Tatsache dieser Gleichartigkeit wird unsere Kenntnis von der archaischen Erbschaft nicht bereichert.

Indes hat die analytische Forschung einzelne Ergebnisse gebracht, die uns zu denken geben. Da ist zunächst die Allgemeinheit der Sprachsymbolik. Die symbolische Vertretung eines Gegenstands durch einen anderen – dasselbe ist bei Verrichtungen der Fall – ist all unseren Kindern geläufig und wie selbstverständlich. Wir können ihnen nicht nachweisen, wie sie es erlernt haben, und müssen in vielen Fällen zugestehen, daß ein Erlernen unmöglich ist. Es handelt sich um ein ursprüngliches Wissen, das der Erwachsene später vergessen hat. Er verwendet die nämlichen Symbole zwar in seinen Träumen, aber er versteht sie nicht, wenn der Analytiker sie ihm nicht deutet, und auch dann schenkt er der Übersetzung ungern Glauben. Wenn er sich einer der so häufigen Redensarten bedient hat, in denen sich diese Symbolik fixiert findet, so muß er zugestehen, daß ihm deren eigentlicher Sinn völlig entgangen ist. Die Symbolik setzt sich auch über die Verschiedenheiten der Sprachen hinweg; Untersuchungen würden wahrscheinlich ergeben, daß sie ubiquitär ist, bei allen Völkern die nämliche. Hier scheint also ein gesicherter Fall von archaischer

Erbschaft aus der Zeit der Sprachentwicklung vorzuliegen, aber man könnte immer noch eine andere Erklärung versuchen. Man könnte sagen, es handle sich um Denkbeziehungen zwischen Vorstellungen, die sich während der historischen Sprachentwicklung hergestellt hatten und die nun jedesmal wiederholt werden müssen, wo eine Sprachentwicklung individuell durchgemacht wird. Es wäre dann ein Fall von Vererbung einer Denkdisposition wie sonst einer Triebdisposition und wiederum kein neuer Beitrag zu unserem Problem.

Die analytische Arbeit hat aber auch anderes zutage gefördert, was in seiner Tragweite über das Bisherige hinausreicht. Wenn wir die Reaktionen auf die frühen Traumen studieren, sind wir oft genug überrascht zu finden, daß sie sich nicht strenge an das wirklich selbst Erlebte halten, sondern sich in einer Weise von ihm entfernen, die weit besser zum Vorbild eines phylogenetischen Ereignisses paßt und ganz allgemein nur durch dessen Einfluß erklärt werden kann. Das Verhalten des neurotischen Kindes zu seinen Eltern im Ödipus- und Kastrationskomplex ist überreich an solchen Reaktionen, die individuell ungerechtfertigt erscheinen und erst phylogenetisch, durch die Beziehung auf das Erleben früherer Geschlechter, begreiflich werden. Es wäre durchaus der Mühe wert, dies Material, auf das ich mich hier berufen kann, der Öffentlichkeit gesammelt vorzulegen. Seine Beweiskraft erscheint mir stark genug, um den weiteren Schritt zu wagen und die Behauptung aufzustellen, daß die archaische Erbschaft des Menschen nicht nur Dispositionen, sondern auch Inhalte umfaßt, Erinnerungsspuren an das Erleben früherer Generationen. Damit wären Umfang wie Bedeutung der archaischen Erbschaft in bedeutungsvoller Weise gesteigert.

Bei näherer Besinnung müssen wir uns eingestehen, daß wir uns seit langem so benommen haben, als stände die Vererbung von Erinnerungsspuren an das von Voreltern Erlebte, unabhängig von direkter Mitteilung und von dem Einfluß der Erziehung durch Beispiel, nicht in Frage. Wenn wir von dem Fortbestand einer alten Tradition in einem Volk, von der Bildung eines Volkscharakters sprechen, hatten wir meist eine solche ererbte Tradition und nicht eine durch Mitteilung fortgepflanzte im Sinne. Oder wir haben wenigstens zwischen den beiden nicht unterschieden und uns nicht klargemacht, welche Kühnheit wir durch solche Vernachlässigung begehen. Unsere Sachlage wird allerdings durch die gegenwärtige Einstellung der biologischen Wissenschaft erschwert, die von der Vererbung erworbener Eigenschaften auf die Nachkommen nichts wissen will. Aber wir gestehen in aller Bescheidenheit, daß wir trotzdem diesen Faktor in der biologischen Entwicklung nicht entbehren können. Es handelt sich zwar in beiden Fällen nicht um das gleiche, dort um erworbene Eigenschaften, die schwer zu fassen sind, hier um Erinnerungsspuren an äußere Eindrücke, gleichsam Greifbares. Aber es wird wohl sein, daß wir uns im Grunde das eine nicht ohne das andere vorstellen können. Wenn wir den Fortbestand solcher Erinnerungsspuren in der archaischen Erbschaft annehmen, haben wir die Kluft zwischen Individual- und Massenpsychologie überbrückt, können die Völker behandeln wie den einzelnen Neurotiker. Zugegeben, daß wir für die Erinnerungsspuren in der archaischen Erbschaft derzeit keinen stärkeren Beweis haben als jene Resterscheinungen der analytischen Arbeit, die eine Ableitung aus der Phylogenese erfordern, so erscheint uns dieser Beweis doch stark genug, um einen solchen Sachverhalt zu postulieren. Wenn es anders ist, kommen wir weder in der Analyse noch in der Massenpsychologie auf dem eingeschlagenen Weg einen Schritt weiter. Es ist eine unvermeidliche Kühnheit.

Wir tun damit auch noch etwas anderes. Wir verringern die Kluft, die frühere Zeiten menschlicher Überhebung allzuweit zwischen Mensch und Tier aufgerissen haben. Wenn die sogenannten Instinkte der Tiere, die ihnen gestatten, sich von Anfang an in der neuen Lebenssituation so zu benehmen, als wäre sie eine alte, längst vertraute, wenn dies Instinktleben der Tiere überhaupt eine Erklärung zuläßt, so kann es nur die sein, daß sie die Erfahrungen ihrer Art in die neue eigene Existenz mitbringen, also Erinnerungen an das von ihren Voreltern Erlebte in sich bewahrt haben. Beim Menschentier wäre es im Grunde auch nicht anders. Den Instinkten der Tiere entspricht seine eigene archaische Erbschaft, sei sie auch von anderem Umfang und Inhalt.

Nach diesen Erörterungen trage ich kein Bedenken auszusprechen, die Menschen haben es – in jener besonderen Weise – immer gewußt, daß sie einmal einen Urvater besessen und erschlagen haben.

Zwei weitere Fragen sind hier zu beantworten. Erstens, unter welchen Bedingungen tritt eine solche Erinnerung in die archaische Erbschaft ein; zweitens, unter welchen Umständen kann sie aktiv werden, d. h. aus ihrem unbewußten Zustand im Es zum Bewußtsein, wenn auch verändert und entstellt, vordringen? Die Antwort auf die erste Frage ist leicht zu formulieren: Wenn das Ereignis wichtig genug war oder sich oft genug wiederholt hat oder beides. Für den Fall der Vatertötung sind beide Bedingungen erfüllt. Zur zweiten Frage ist zu bemerken: Es mögen eine ganze Anzahl von Einflüssen in Betracht kommen, die nicht alle bekannt zu sein brauchen, auch ist ein spontaner Ablauf denkbar in Analogie zum Vorgang bei manchen Neurosen. Sicherlich ist aber von entscheidender Bedeutung die Erweckung der vergessenen Erinnerungsspur durch eine rezente reale Wiederholung des Ereignisses. Eine solche Wiederholung war der Mord an Moses; später der vermeintliche Justizmord an Christus, so daß diese Begebenheiten in den Vordergrund der Verursachung rücken. Es ist, als ob die Genese des Monotheismus diese Vorfälle nicht hätte entbehren können. Man wird an den Ausspruch des Dichters erinnert:

„Was unsterblich im Gesang soll leben,
muß im Leben untergehen."

Zum Schluß eine Bemerkung, die ein psychologisches Argument beibringt. Eine Tradition, die nur auf Mitteilung gegründet wäre, könnte nicht den Zwangscharakter erzeugen, der den religiösen Phänomenen zukommt. Sie würde angehört, beurteilt, eventuell abgewiesen werden wie jede andere Nachricht von außen, erreichte nie das Privileg der Befreiung vom Zwang des logischen Denkens. Sie muß erst das Schicksal der Verdrängung, den Zustand des Verweilens im Unbewußten durchgemacht haben, ehe sie bei ihrer Wiederkehr so mächtige Wirkungen entfalten, die Massen in ihren Bann zwingen kann, wie wir es an der religiösen Tradition mit Erstaunen und bisher ohne Verständnis gesehen haben. Und diese Überlegung fällt schwer ins Gewicht, um uns glauben zu machen, daß die Dinge wirklich so vorgefallen sind, wie wir zu schildern bemüht waren, oder wenigstens so ähnlich.

Zweiter Teil

Zusammenfassung und Wiederholung

Der nun folgende Teil dieser Studie kann nicht ohne weitläufige Erklärungen und Entschuldigungen in die Öffentlichkeit geschickt werden. Er ist nämlich nichts anderes als eine getreue, oft wörtliche Wiederholung des ersten Teils, verkürzt in manchen kritischen Untersuchungen und vermehrt um Zusätze, die sich auf das Problem, wie entstand der besondere Charakter des jüdischen Volkes, beziehen. Ich weiß, daß eine solche Art der Darstellung ebenso unzweckmäßig wie unkünstlerisch ist. Ich mißbillige sie selbst uneingeschränkt.

Warum habe ich sie nicht vermieden? Die Antwort darauf ist für mich nicht schwer zu finden, aber nicht leicht einzugestehen. Ich war nicht imstande, die

Spuren der immerhin ungewöhnlichen Entstehungsgeschichte dieser Arbeit zu verwischen.

In Wirklichkeit ist sie zweimal geschrieben worden. Zuerst vor einigen Jahren in Wien, wo ich nicht an die Möglichkeit glaubte, sie veröffentlichen zu können. Ich beschloß, sie liegenzulassen, aber sie quälte mich wie ein unerlöster Geist, und ich fand den Ausweg, zwei Stücke von ihr selbständig zu machen und in unserer Zeitschrift *Imago* zu publizieren, den psychoanalytischen Auftakt des Ganzen ('Moses, ein Ägypter') und die darauf gebaute historische Konstruktion ('Wenn Moses ein Ägypter war ...'). Den Rest, der das eigentlich Anstößige und Gefährliche enthielt, die Anwendung auf die Genese des Monotheismus und die Auffassung der Religion überhaupt, hielt ich zurück, wie ich meinte, für immer. Da kam im März 1938 die unerwartete deutsche Invasion, zwang mich, die Heimat zu verlassen, befreite mich aber auch von der Sorge, durch meine Veröffentlichung ein Verbot der Psychoanalyse dort heraufzubeschwören, wo sie noch geduldet war. Kaum in England eingetroffen, fand ich die Versuchung unwiderstehlich, meine verhaltene Weisheit der Welt zugänglich zu machen, und begann, das dritte Stück der Studie im Anschluß an die beiden bereits erschienenen umzuarbeiten. Damit war natürlich eine teilweise Umordnung des Materials verbunden. Nun gelang es mir nicht, den ganzen Stoff in dieser zweiten Bearbeitung unterzubringen; anderseits konnte ich mich nicht entschließen, auf die früheren ganz zu verzichten, und so kam die Auskunft zustande, daß ich ein ganzes Stück der ersten Darstellung unverändert an die zweite anschloß, womit eben der Nachteil einer weitgehenden Wiederholung verbunden war.

Nun könnte ich mich mit der Erwägung trösten, die Dinge, die ich behandle, seien immerhin so neu und so bedeutsam, abgesehen davon, wieweit meine Darstellung derselben richtig ist, daß es kein Unglück sein kann, wenn das Publikum veranlaßt wird, darüber zweimal das nämliche zu lesen. Es gibt Dinge, die mehr als einmal gesagt werden sollen und die nicht oft genug gesagt werden können. Aber es muß der freie Entschluß des Lesers dabei sein, bei dem Gegenstand zu verweilen oder auf ihn zurückzukommen. Es darf nicht in der Art erschlichen werden, daß man ihm in demselben Buch das Gleiche zweimal vorsetzt. Das bleibt eine Ungeschicklichkeit, für die man den Tadel auf sich nehmen muß. Die Schöpferkraft eines Autors folgt leider nicht immer seinem Willen; das Werk gerät, wie es kann, und stellt sich dem Verfasser oft wie unabhängig, ja wie fremd gegenüber.

A
Das Volk Israel

Wenn man sich klar darüber ist, daß ein Verfahren wie das unsrige, vom überlieferten Stoff anzunehmen, was uns brauchbar scheint, zu verwerfen, was uns nicht taugt, und die einzelnen Stücke nach der psychologischen Wahrscheinlichkeit zusammenzusetzen – daß eine solche Technik keine Sicherheit gibt, die Wahrheit zu finden, dann fragt man mit Recht, wozu man eine solche Arbeit überhaupt unternimmt. Die Antwort beruft sich auf ihr Ergebnis. Wenn man die Strenge der Anforderungen an eine historisch-psychologische Untersuchung weit mildert, wird es vielleicht möglich sein, Probleme zu klären, die immer der Aufmerksamkeit würdig schienen und die infolge rezenter Ereignisse sich von neuem dem Beobachter aufdrängen. Man weiß, von allen Völkern, die im Altertum um das Becken des Mittelmeers gewohnt haben, ist das jüdische Volk nahezu das einzige, das heute dem Namen und wohl auch der Substanz nach noch besteht. Mit beispielloser Widerstandsfähigkeit hat es Unglücksfällen und Mißhandlungen getrotzt, besondere Charakterzüge entwickelt und sich nebstbei die herzliche Abneigung aller anderen Völker erworben. Woher diese Lebensfähigkeit der Juden kommt und wie ihr Charakter mit ihren Schicksalen zusammenhängt, davon möchte man gerne mehr verstehen.

Man darf von einem Charakterzug der Juden ausgehen, der ihr Verhältnis zu den anderen beherrscht. Es ist kein Zweifel daran, sie haben eine besonders hohe Meinung von sich, halten sich für vornehmer, höherstehend, den anderen überlegen, von denen sie auch durch viele ihrer Sitten geschieden sind. Dabei beseelt sie eine besondere Zuversicht im Leben, wie sie durch den geheimen Besitz eines kostbaren Gutes verliehen wird, eine Art von Optimismus; Fromme würden es Gottvertrauen nennen.

Wir kennen den Grund dieses Verhaltens und wissen, was ihr geheimer Schatz ist. Sie halten sich wirklich für das von Gott auserwählte Volk, glauben ihm besonders nahezustehen, und dies macht sie stolz und zuversichtlich. Nach guten Nachrichten benahmen sie sich schon in hellenistischen Zeiten so wie heute, der Jude war also damals schon fertig, und die Griechen, unter denen und neben denen sie lebten, reagierten auf die jüdische Eigenart in der nämlichen Weise wie die heutigen „Wirtsvölker". Man könnte meinen, sie reagierten, als ob auch sie an den Vorzug glaubten, den das Volk Israel für sich in Anspruch nahm. Wenn man der erklärte Liebling des gefürchteten Vaters ist, braucht man sich über die Eifersucht der Geschwister nicht zu verwundern, und wozu diese Eifersucht führen kann, zeigt sehr schön die jüdische Sage von Josef und seinen Brüdern. Der Verlauf der Weltgeschichte schien dann die jüdische Anmaßung zu rechtfertigen, denn als es später Gott gefiel, der Menschheit einen Messias und Erlöser zu senden, wählte er ihn wiederum aus dem Volke der Juden. Die anderen Völker hätten damals Anlaß gehabt, sich zu sagen: „Wirklich, sie haben recht gehabt, sie sind das von Gott auserwählte Volk." Aber es geschah anstatt dessen, daß ihnen die Erlösung durch Jesus Christus nur eine Verstärkung ihres Judenhasses brachte, während die Juden selbst aus dieser zweiten Bevorzugung keinen Vorteil zogen, da sie den Erlöser nicht anerkannten.

Auf Grund unserer früheren Erörterungen dürfen wir nun behaupten, daß es der Mann Moses war, der dem jüdischen Volk diesen für alle Zukunft bedeutsamen Zug aufgeprägt hat. Er hob ihr Selbstgefühl durch die Versicherung, daß sie Gottes auserwähltes Volk seien, er legte ihnen die Heiligung auf und verpflichtete sie zur Absonderung von den anderen. Nicht etwa, daß es den anderen Völkern an Selbstgefühl gemangelt hätte. Genau wie heute hielt sich auch damals jede Nation für besser als jede andere. Aber das Selbstgefühl der Juden erfuhr durch Moses eine religiöse Verankerung, es wurde ein Teil ihres religiösen Glaubens. Durch ihre besonders innige Beziehung zu ihrem Gott erwarben sie einen Anteil an seiner Großartigkeit. Und da wir wissen, daß hinter dem Gott, der die Juden ausgewählt und aus Ägypten befreit hat, die Person Moses' steht, die grade das, vorgeblich in seinem Auftrag, getan hatte, getrauen wir uns zu sagen: Es war der eine Mann Moses, der die Juden geschaffen hat. Ihm dankt dieses Volk seine Zählebigkeit, aber auch viel von der Feindseligkeit, die es erfahren hat und noch erfährt.

B
Der große Mann

Wie ist es möglich, daß ein einzelner Mensch eine so außerordentliche Wirksamkeit entfaltet, daß er aus indifferenten Individuen und Familien ein Volk formt, ihm seinen endgültigen Charakter prägt und sein Schicksal für Jahrtausende bestimmt? Ist eine solche Annahme nicht ein Rückschritt auf die Denkungsart, die die Schöpfermythen und Heldenverehrung entstehen ließ, auf Zeiten, in denen die Geschichtsschreibung sich in der Berichterstattung der Taten und Schicksale einzelner Personen, Herrscher oder Eroberer erschöpfte?

Die Neigung der Neuzeit geht vielmehr dahin, die Vorgänge der Menschheitsgeschichte auf versteckere, allgemeine und unpersönliche Momente zurückzuführen, auf den zwingenden Einfluß ökonomischer Verhältnisse, den Wechsel in der Ernährungsweise, die Fortschritte im Gebrauch von Materialien und Werkzeugen, auf Wanderungen, die durch Volksvermehrung und Veränderungen des Klimas veranlaßt werden. Den Einzelpersonen fällt dabei keine andere Rolle zu als die von Exponenten oder Repräsentanten von Massenstrebungen, welche notwendigerweise ihren Ausdruck finden mußten und ihn mehr zufälligerweise in jenen Personen fanden.

Das sind durchaus berechtigte Gesichtspunkte, aber sie geben uns Anlaß, an eine bedeutsame Unstimmigkeit zwischen der Einstellung unseres Denkorgans und der Einrichtung der Welt zu mahnen, die mittels unseres Denkens erfaßt werden soll. Unserem allerdings gebieterischen Kausalbedürfnis genügt es, wenn jeder Vorgang *eine* nachweisbare Ursache hat. In der Wirklichkeit außerhalb uns ist das aber kaum so der Fall; vielmehr scheint jedes Ereignis überdeterminiert zu sein, stellt sich als die Wirkung mehrerer konvergierender Ursachen heraus. Durch die unübersehbare Komplikation des Geschehens geschreckt, ergreift unsere Forschung Partei für den einen Zusammenhang gegen einen anderen, stellt Gegensätze auf, die nicht bestehen, nur durch die Zerreißung von umfassenderen Beziehungen entstanden sind. Wenn uns also die Untersuchung eines bestimmten Falles den überragenden Einfluß einer einzelnen Persönlichkeit beweist, so braucht uns unser Gewissen nicht vorzuwerfen, daß wir mit dieser Annahme der Lehre von der Bedeutung jener allgemeinen, unpersönlichen Faktoren ins Gesicht geschlagen haben. Es ist grundsätzlich Raum für beides. Bei der Genese des Monotheismus können wir allerdings auf kein anderes äußeres Moment hinweisen als auf das bereits erwähnte, daß diese Entwicklung mit der Herstellung intimerer Beziehungen zwischen verschiedenen Nationen und dem Aufbau eines großen Reiches verknüpft ist.

Wir wahren also dem „großen Mann" seine Stelle in der Kette oder vielmehr im Netzwerk der Verursachungen. Aber vielleicht wird es nicht ganz zwecklos sein zu fragen, unter welchen Bedingungen wir diesen Ehrennamen vergeben. Wir sind überrascht zu finden, daß es nicht ganz leicht ist, diese Frage zu beantworten. Eine erste Formulierung: wenn ein Mensch die Eigenschaften, die wir hochschätzen, in besonders hohem Maß besitzt, ist offenbar nach allen Richtungen unzutreffend. Schönheit z. B. und Muskelstärke, so beneidet sie auch sein mögen, geben keinen Anspruch auf „Größe". Es müßten also geistige Qualitäten sein, psychische und intellektuelle Vorzüge. Bei letzteren kommt uns das Bedenken, daß wir einen Menschen, der ein außerordentlicher Könner auf einem bestimmten Gebiet ist, darum doch nicht ohne weiteres einen großen Mann heißen würden. Gewiß nicht einen Meister des Schachspiels oder einen Virtuosen auf einem Musikinstrument, aber auch nicht leicht einen ausgezeichneten Künstler oder Forscher. Es entspricht uns, in solchem Falle zu sagen, er sei ein großer Dichter, Maler, Mathematiker oder Physiker, ein Bahnbrecher auf dem Feld dieser oder jener Tätigkeit, aber wir halten mit der Anerkennung, er sei ein großer Mann, zurück. Wenn wir z. B. Goethe, Leonardo da Vinci, Beethoven unbedenklich für große Männer erklären, so muß uns noch etwas anderes bewegen als die Bewunderung ihrer großartigen Schöpfungen. Wären nicht grade solche Beispiele im Wege, so würde man wahrscheinlich auf die Idee kommen, der Name „ein großer Mann" sei vorzugsweise für Männer der Tat reserviert, also Eroberer, Feldherrn, Herrscher, und anerkenne die Größe ihrer Leistung, die Stärke der Wirkung, die von ihnen ausging. Aber auch dies ist unbefriedigend und wird voll widerlegt durch unsere Verurteilung so vieler nichtswürdiger Personen, denen man doch die Wirkung auf Mit- und Nachwelt nicht bestreiten kann. Auch den Erfolg wird man nicht zum Kennzeichen der Größe wählen dürfen, wenn man an die Überzahl von großen Männern denkt, die, anstatt Erfolg zu haben, im Unglück zugrunde gegangen sind.

So wird man vorläufig der Entscheidung geneigt, es verlohne sich nicht, nach einem eindeutig bestimmten Inhalt des Begriffs „großer Mann" zu suchen. Es sei nur eine locker gebrauchte und ziemlich willkürlich vergebene Anerkennung der überdimensionalen Entwicklung gewisser menschlicher Eigenschaften in ziemlicher Annäherung an den ursprünglichen Wortsinn der „Größe". Auch dürfen wir uns besinnen, daß uns nicht so sehr das Wesen des großen Mannes interessiert als die Frage, wodurch er auf seine Nebenmenschen wirkt. Wir werden aber diese Untersuchung möglichst abkürzen, weil sie uns weit von unserem Ziel abzuführen droht.

Lassen wir es also gelten, daß der große Mann seine Mitmenschen auf zwei Wegen beeinflußt, durch seine Persönlichkeit und durch die Idee, für die er sich einsetzt. Diese Idee mag ein altes Wunschgebilde der Massen betonen oder ihnen ein neues Wunschziel zeigen oder in noch anderer Weise die Masse in ihren Bann ziehen. Mitunter – und das ist gewiß der ursprünglichere Fall – wirkt die Persönlichkeit allein, und die Idee spielt eine recht geringfügige Rolle.

Warum der große Mann überhaupt zu einer Bedeutung kommen sollte, das ist uns keinen Augenblick unklar. Wir wissen, es besteht bei der Masse der Menschen ein starkes Bedürfnis nach einer Autorität, die man bewundern kann, der man sich beugt, von der man beherrscht, eventuell sogar mißhandelt wird. Aus der Psychologie des Einzelmenschen haben wir erfahren, woher dies Bedürfnis der Masse stammt. Es ist die Sehnsucht nach dem Vater, die jedem von seiner Kindheit her innewohnt, nach demselben Vater, den überwunden zu haben der Held der Sage sich rühmt. Und nun mag uns die Erkenntnis dämmern, daß alle Züge, mit denen wir den großen Mann ausstatten, Vaterzüge sind, daß in dieser Übereinstimmung das von uns vergeblich gesuchte Wesen des großen Mannes besteht. Die Entschiedenheit der Gedanken, die Stärke des Willens, die Wucht der Taten gehören dem Vaterbilde zu, vor allem aber die Selbständigkeit und Unabhängigkeit des großen Mannes, seine göttliche Unbekümmertheit, die sich zur Rücksichtslosigkeit steigern darf. Man muß ihn bewundern, darf ihm vertrauen, aber man kann nicht umhin, ihn auch zu fürchten. Wir hätten uns vom Wortlaut leiten lassen sollen; wer anders als der Vater soll denn in der Kindheit der „große Mann" gewesen sein!

Unzweifelhaft war es ein gewaltiges Vatervorbild, das sich in der Person des Moses zu den armen jüdischen Fronarbeitern herabließ, um ihnen zu versichern, daß sie seine lieben Kinder seien. Und nicht minder überwältigend muß die Vorstellung eines einzigen, ewigen, allmächtigen Gottes auf sie gewirkt haben, dem sie nicht zu gering waren, um einen Bund mit ihnen zu schließen, und der für sie zu sorgen versprach, wenn sie seiner Verehrung treu blieben. Wahrscheinlich wurde es ihnen nicht leicht, das Bild des Mannes Moses von dem seines Gottes zu scheiden, und sie ahnten recht darin, denn Moses mag Züge seiner eigenen Person in den Charakter seines Gottes eingetragen haben wie die Zornmütigkeit und Unerbittlichkeit. Und wenn sie dann einmal diesen ihren großen Mann erschlugen, so wiederholten sie nur eine Untat, die sich in Urzeiten als Gesetz gegen den göttlichen König gerichtet hatte und die, wie wir wissen, auf ein noch älteres Vorbild zurückging.

Ist uns so auf der einen Seite die Gestalt des großen Mannes ins Göttliche gewachsen, so ist es anderseits Zeit, sich zu besinnen, daß auch der Vater einmal ein Kind gewesen war. Die große religiöse Idee, die der Mann Moses vertrat, war nach unseren Ausführungen nicht sein Eigentum; er hatte sie von seinem König Ikhnaton übernommen. Und dieser, dessen Größe als Religionsstifter unzweideutig bezeugt ist, folgte vielleicht Anregungen, die durch Vermittlung seiner Mutter oder auf anderen Wegen – aus dem näheren oder ferneren Asien – zu ihm gelangt waren.

Weiter können wir die Verkettung nicht verfolgen, aber wenn diese ersten Stücke richtig erkannt sind, dann ist die monotheistische Idee bumerangartig in das Land ihrer Herkunft zurückgekommen. Es erscheint so unfruchtbar, das Verdienst eines Einzelnen um eine neue Idee feststellen zu wollen. Viele haben offenbar an ihrer Entwicklung mitgetan und Beiträge zu ihr geleistet. Anderseits wäre es offenkundiges Unrecht, die Kette der Verursachung bei Moses abzubrechen und zu vernachlässigen, was seine Nachfolger und Fortsetzer, die jüdischen Propheten, geleistet haben. Die Saat des Monotheismus war in Ägypten nicht aufgegangen. Dasselbe hätte in Israel geschehen können, nachdem das Volk die beschwerliche und anspruchsvolle Religion abgeschüttelt hatte. Aber aus dem jüdischen Volk erhoben sich immer wieder Männer, die die verblassende Tradition auffrischten, die Mahnungen und Anforderungen Moses' erneuerten und nicht rasteten, ehe das Verlorene wiederhergestellt war. In der stetigen Bemühung von Jahrhunderten und endlich durch zwei große Reformen, die eine vor, die andere nach dem babylonischen Exil, vollzog sich die Verwandlung des Volksgottes Jahve in den Gott, dessen Verehrung Moses den Juden aufgedrängt hatte. Und es ist der Beweis einer besonderen psychischen Eignung in der Masse, die zum jüdischen Volk geworden war, wenn sie so viele Personen hervorbringen konnte, die bereit waren, die Beschwerden der Mosesreligion auf sich zu nehmen, für den Lohn des Auserwähltseins und vielleicht noch andere Prämien von ähnlichem Rang.

C
Der Fortschritt in der Geistigkeit

Um nachhaltige psychische Wirkungen bei einem Volke zu erzielen, reicht es offenbar nicht hin, ihm zu versichern, es sei von der Gottheit auserlesen. Man muß es ihm auch irgendwie beweisen, wenn es daran glauben und aus dem Glauben Konsequenzen ziehen soll. In der Mosesreligion diente der Auszug aus Ägypten als dieser Beweis; Gott oder Moses in seinem Namen wurde nicht müde, sich auf diese Gunstbezeugung zu berufen. Das Passahfest wurde eingesetzt, um die Erinnerung an dies Ereignis festzuhalten, oder vielmehr ein altbestehendes Fest mit dem Inhalt dieser Erinnerung erfüllt. Aber es war doch nur eine Erinnerung, der Auszug gehörte einer verschwommenen Vergangenheit an. In der Gegenwart waren die Zeichen von Gottes Gunst recht spärlich, die Schicksale des Volkes deuteten eher auf seine Ungnade hin. Primitive Völker pflegten ihre Götter abzusetzen oder selbst zu züchtigen, wenn sie nicht ihre Pflicht erfüllten, ihnen Sieg, Glück und Behagen zu gewähren. Könige sind zu allen Zeiten nicht anders behandelt worden als Götter; eine alte Identität beweist sich darin, die Entstehung aus gemeinsamer Wurzel. Auch moderne Völker pflegen also ihre Könige zu verjagen, wenn der Glanz ihrer Regierung durch Niederlagen mit den dazugehörigen Verlusten an Land und Geld gestört wird. Warum aber das Volk Israel seinem Gott immer nur unterwürfiger anhing, je schlechter es von ihm behandelt wurde, das ist ein Problem, welches wir vorläufig bestehen lassen müssen.

Es mag uns die Anregung geben zu untersuchen, ob die Mosesreligion dem Volke nichts anderes gebracht hatte als die Steigerung des Selbstgefühls durch das Bewußtsein der Auserwähltheit. Und das nächste Moment ist wirklich leicht zu finden. Die Religion brachte den Juden auch eine weit großartigere Gottesvorstellung oder, wie man nüchterner sagen könnte, die Vorstellung eines großartigeren Gottes. Wer an diesen Gott glaubte, hatte gewissermaßen Anteil an seiner Größe, durfte sich selbst gehoben fühlen. Das ist für einen Ungläubigen nicht ganz selbstverständlich, aber vielleicht erfaßt man es leichter durch den Hinweis auf das Hochgefühl eines Briten in einem fremden, durch Aufruhr unsicher gewordenen Land, das dem Angehörigen irgendeines kontinentalen Kleinstaates völlig abgeht. Der Brite rechnet nämlich damit, daß sein *Government* ein Kriegsschiff ausschicken wird, wenn ihm ein Härchen gekrümmt wird, und daß die Aufständischen es sehr wohl wissen, während der Kleinstaat überhaupt kein Kriegsschiff besitzt. Der Stolz auf die Größe des *British Empire* hat also auch eine Wurzel im Bewußtsein der größeren Sicherheit, des Schutzes, den der einzelne Brite genießt. Das mag bei der Vorstellung des großartigen Gottes ähnlich sein, und da man schwerlich beanspruchen wird, Gott in der Verwaltung der Welt zu assistieren, fließt der Stolz auf die Gottesgröße mit dem auf das Auserwähltsein zusammen.

Unter den Vorschriften der Mosesreligion findet sich eine, die bedeutungsvoller ist, als man zunächst erkennt. Es ist das Verbot, sich ein Bild von Gott zu machen, also der Zwang, einen Gott zu verehren, den man nicht sehen kann. Wir vermuten, daß Moses in diesem Punkt die Strenge der Atonreligion überboten hat; vielleicht wollte er nur konsequent sein, sein Gott hatte dann weder einen Namen noch ein Angesicht, vielleicht war es eine neue

Vorkehrung gegen magische Mißbräuche. Aber wenn man dies Verbot annahm, mußte es eine tiefgreifende Wirkung ausüben. Denn es bedeutete eine Zurücksetzung der sinnlichen Wahrnehmung gegen eine abstrakt zu nennende Vorstellung, einen Triumph der Geistigkeit über die Sinnlichkeit, strenggenommen einen Triebverzicht mit seinen psychologisch notwendigen Folgen.

Um glaubwürdig zu finden, was auf den ersten Blick nicht einleuchtend scheint, muß man sich an andere Vorgänge gleichen Charakters in der Entwicklung der menschlichen Kultur erinnern. Der früheste unter ihnen, der wichtigste vielleicht, verschwimmt im Dunkel der Urzeit. Seine erstaunlichen Wirkungen nötigen uns, ihn zu behaupten. Bei unseren Kindern, bei den Neurotikern unter den Erwachsenen wie bei den primitiven Völkern finden wir das seelische Phänomen, das wir als den Glauben an die „Allmacht der Gedanken" bezeichnen. Nach unserem Urteil ist es eine Überschätzung des Einflusses, den unsere seelischen, hier die intellektuellen Akte auf die Veränderung der Außenwelt üben können. Im Grunde ruht ja alle Magie, die Vorläuferin unserer Technik, auf dieser Voraussetzung. Auch aller Zauber der Worte gehört hieher und die Überzeugung von der Macht, die mit der Kenntnis und dem Aussprechen eines Namens verbunden ist. Wir nehmen an, daß die „Allmacht der Gedanken" der Ausdruck des Stolzes der Menschheit war auf die Entwicklung der Sprache, die eine so außerordentliche Förderung der intellektuellen Tätigkeiten zur Folge hatte. Es eröffnete sich das neue Reich der Geistigkeit, in dem Vorstellungen, Erinnerungen und Schlußprozesse maßgebend wurden, im Gegensatz zur niedrigeren psychischen Tätigkeit, die unmittelbare Wahrnehmungen der Sinnesorgane zum Inhalt hatte. Es war gewiß eine der wichtigsten Etappen auf dem Wege zur Menschwerdung.

Weit greifbarer tritt uns ein anderer Vorgang späterer Zeit entgegen. Unter dem Einfluß äußerer Momente, die wir hier nicht zu verfolgen brauchen, die zum Teil auch nicht genügend bekannt sind, geschah es, daß die matriarchalische Gesellschaftsordnung von der patriarchalischen abgelöst wurde, womit natürlich ein Umsturz der bisherigen Rechtsverhältnisse verbunden war. Man glaubt den Nachklang dieser Revolution noch in der *Orestie* des Äschylos zu verspüren. Aber diese Wendung von der Mutter zum Vater bezeichnet überdies einen Sieg der Geistigkeit über die Sinnlichkeit, also einen Kulturfortschritt, denn die Mutterschaft ist durch das Zeugnis der Sinne erwiesen, während die Vaterschaft eine Annahme ist, auf einen Schluß und auf eine Voraussetzung aufgebaut. Die Parteinahme, die den Denkvorgang über die sinnliche Wahrnehmung erhebt, bewährt sich als ein folgenschwerer Schritt.

Irgendwann zwischen den beiden vorerwähnten Fällen ereignete sich ein anderer, der am meisten Verwandtschaft zeigt mit dem von uns in der Religionsgeschichte untersuchten. Der Mensch fand sich veranlaßt, überhaupt „geistige" Mächte anzuerkennen, d. h. solche, die mit den Sinnen, speziell mit dem Gesicht, nicht erfaßt werden können, aber doch unzweifelhafte, sogar überstarke Wirkungen äußern. Wenn wir uns dem Zeugnis der Sprache anvertrauen dürften, war es die bewegte Luft, die das Vorbild der Geistigkeit abgab, denn der Geist entlehnt den Namen vom Windhauch (*animus, spiritus,* hebräisch: *ruach*, Hauch). Damit war auch die Entdeckung der Seele gegeben als des geistigen Prinzips im einzelnen Menschen. Die Beobachtung fand die bewegte Luft im Atmen des Menschen wieder, das mit dem Tode aufhört; noch heute haucht der Sterbende seine Seele aus. Nun aber war dem Menschen das Geisterreich eröffnet; er war bereit, die Seele, die er bei sich entdeckt hatte, allem anderen in der Natur zuzutrauen. Die ganze Welt wurde beseelt, und die Wissenschaft, die soviel später kam, hatte genug zu tun, um einen Teil der Welt wieder zu entseelen, ist auch noch heute mit dieser Aufgabe nicht fertig geworden.

Durch das mosaische Verbot wurde Gott auf eine höhere Stufe der Geistigkeit gehoben, der Weg eröffnet für weitere Abänderungen der Gottesvorstellung, von denen noch zu berichten ist. Aber zunächst darf uns eine andere Wirkung desselben beschäftigen. Alle solchen Fortschritte in der Geistigkeit haben den Erfolg, das Selbstgefühl der Person zu steigern, sie stolz zu machen, so daß sie sich anderen überlegen fühlt, die im Banne der Sinnlichkeit verblieben sind. Wir wissen, daß Moses den Juden das Hochgefühl vermittelt hatte, ein auserwähltes Volk zu sein; durch die Entmaterialisierung Gottes kam ein neues, wertvolles Stück zu dem geheimen Schatz des Volkes hinzu. Die Juden behielten die Richtung auf geistige Interessen bei, das politische Unglück der Nation lehrte sie, den einzigen Besitz, der ihnen geblieben war, ihr Schrifttum, seinem Werte nach einzuschätzen. Unmittelbar nach der Zerstörung des Tempels in Jerusalem durch Titus erbat sich Rabbi Jochanan ben Sakkai die Erlaubnis, die erste Thoraschule in Jabne zu eröffnen. Fortan war es die Heilige Schrift und die geistige Bemühung um sie, die das versprengte Volk zusammenhielt.

Soviel ist allgemein bekannt und angenommen. Ich wollte nur einfügen, daß diese charakteristische Entwicklung des jüdischen Wesens durch das Verbot Moses', Gott in sichtbarer Gestalt zu verehren, eingeleitet wurde.

Der Vorrang, der durch etwa 2000 Jahre im Leben des jüdischen Volkes geistigen Bestrebungen eingeräumt war, hat natürlich seine Wirkung getan; er half, die Roheit und die Neigung zur Gewalttat einzudämmen, die sich einzustellen pflegen, wo die Entwicklung der Muskelkraft Volksideal ist. Die Harmonie in der Ausbildung geistiger und körperlicher Tätigkeit, wie das griechische Volk sie erreichte, blieb den Juden versagt. Im Zwiespalt trafen sie wenigstens die Entscheidung für das Höherwertige.

D
Triebverzicht

Es ist nicht selbstverständlich und nicht ohne weiteres einzusehen, warum ein Fortschritt in der Geistigkeit, eine Zurücksetzung der Sinnlichkeit das Selbstbewußtsein einer Person wie eines Volkes erhöhen sollte. Das scheint einen bestimmten Wertmaßstab vorauszusetzen und eine andere Person oder Instanz, die ihn handhabt. Wir wenden uns zur Klärung an einen analogen Fall aus der Psychologie des Individuums, der uns verständlich geworden ist.

Erhebt das Es in einem menschlichen Wesen einen Triebanspruch erotischer oder aggressiver Natur, so ist das Einfachste und Natürlichste, daß das Ich, dem der Denk- und der Muskelapparat zur Verfügung steht, ihn durch eine Aktion befriedigt. Diese Befriedigung des Triebes wird vom Ich als Lust empfunden, wie die Unbefriedigung unzweifelhaft Quelle von Unlust geworden wäre. Nun kann sich der Fall ereignen, daß das Ich die Triebbefriedigung mit Rücksicht auf äußere Hindernisse unterläßt, nämlich dann, wenn es einsieht, daß die betreffende Aktion eine ernste Gefahr für das Ich hervorrufen würde. Ein solches Abstehen von der Befriedigung, ein Triebverzicht infolge äußerer Abhaltung, wie wir sagen: im Gehorsam gegen das Realitätsprinzip, ist auf keinen Fall lustvoll. Der Triebverzicht würde eine anhaltende Unlustspannung zur Folge haben, wenn es nicht gelänge, die Triebstärke selbst durch Energieverschiebungen herabzusetzen. Der Triebverzicht kann aber auch aus anderen, wie wir mit Recht sagen, *inneren* Gründen erzwungen werden. Im Laufe der individuellen Entwicklung wird ein Anteil der hemmenden Mächte in der Außenwelt verinnerlicht, es bildet sich im Ich eine Instanz, die sich beobachtend, kritisierend und verbietend dem übrigen entgegenstellt. Wir nennen diese neue Instanz das *Über-Ich*. Von nun an hat das Ich, ehe es die vom Es geforderten Triebbefriedigungen ins Werk setzt, nicht nur auf die Gefahren der Außenwelt, sondern auch auf den Einspruch des Über-Ichs Rücksicht zu nehmen und wird um so mehr Anlässe haben, die Triebbefriedigung zu unterlassen. Während aber der Triebverzicht aus äußeren Gründen nur unlustvoll ist, hat der aus inneren Gründen, aus Gehorsam gegen das Über-Ich, eine andere ökonomische Wirkung. Er bringt außer der unvermeidlichen Unlustfolge dem Ich auch einen Lustgewinn, eine Ersatzbefriedigung gleichsam. Das Ich fühlt sich gehoben, es wird stolz auf den Triebverzicht wie auf eine wertvolle Leistung. Den Mechanismus dieses Lustgewinns glauben wir zu verstehen. Das Über-Ich ist Nachfolger und Vertreter der Eltern (und Erzieher), die die Handlungen des Individuums in seiner ersten Lebensperiode beaufsichtigt hatten; es setzt die Funktionen derselben fast ohne Veränderung fort. Es hält das Ich in dauernder Abhängigkeit, es übt einen ständigen Druck auf dasselbe aus. Das Ich ist ganz wie in der Kindheit besorgt, die Liebe des Oberherrn aufs Spiel zu setzen, empfindet seine Anerkennung als Befreiung und Befriedigung, seine Vorwürfe als Gewissensbisse. Wenn das Ich dem Über-Ich das Opfer eines Triebverzichts gebracht hat, erwartet es als Belohnung dafür, von ihm mehr geliebt zu werden. Das Bewußtsein, diese Liebe zu verdienen, empfindet es als Stolz. Zur Zeit, da die Autorität noch nicht als Über-Ich verinnerlicht war, konnte die Beziehung zwischen drohendem Liebesverlust und Triebanspruch die nämliche sein. Es gab ein Gefühl von Sicherheit und Befriedigung, wenn man aus Liebe zu den Eltern einen Triebverzicht zustande gebracht hatte. Den eigentümlich narzißtischen Charakter des Stolzes konnte dies gute Gefühl erst annehmen, nachdem die Autorität selbst ein Teil des Ichs geworden war.

Was leistet uns diese Aufklärung der Befriedigung durch Triebverzicht für das Verständnis der Vorgänge, die wir studieren wollen, der Hebung des Selbstbewußtseins bei Fortschritten der Geistigkeit? Anscheinend sehr wenig. Die Verhältnisse liegen ganz anders. Es handelt sich um keinen Triebverzicht, und es ist keine zweite Person oder Instanz da, der zuliebe das Opfer gebracht wird. An der zweiten Behauptung wird man bald schwankend werden. Man kann sagen, der große Mann ist eben die Autorität, der zuliebe man die Leistung vollbringt, und da der große Mann selbst dank seiner Ähnlichkeit mit dem Vater wirkt, darf man sich nicht verwundern, wenn ihm in der Massenpsychologie die Rolle des Über-Ichs zufällt. Das würde also auch für den Mann Moses im

Verhältnis zum Judenvolk gelten. Im anderen Punkte will sich aber keine richtige Analogie herstellen. Der Fortschritt in der Geistigkeit besteht darin, daß man gegen die direkte Sinneswahrnehmung zu Gunsten der sogenannten höheren intellektuellen Prozesse entscheidet, also der Erinnerungen, Überlegungen, Schlußvorgänge. Daß man z. B. bestimmt, die Vaterschaft ist wichtiger als die Mutterschaft, obwohl sie nicht wie letztere durch das Zeugnis der Sinne erweisbar ist. Darum soll das Kind den Namen des Vaters tragen und nach ihm erben. Oder: unser Gott ist der größte und mächtigste, obwohl er unsichtbar ist wie der Sturmwind und die Seele. Die Abweisung eines sexuellen oder aggressiven Triebanspruches scheint etwas davon ganz Verschiedenes zu sein. Auch ist bei manchen Fortschritten der Geistigkeit, z. B. beim Sieg des Vaterrechts, die Autorität nicht aufzeigbar, die den Maßstab für das abgibt, was als höher geachtet werden soll. Der Vater kann es in diesem Falle nicht sein, denn er wird erst durch den Fortschritt zur Autorität erhoben. Man steht also vor dem Phänomen, daß in der Entwicklung der Menschheit die Sinnlichkeit allmählich von der Geistigkeit überwältigt wird und daß die Menschen sich durch jeden solchen Fortschritt stolz und gehoben fühlen. Man weiß aber nicht zu sagen, warum das so sein sollte. Später ereignet es sich dann noch, daß die Geistigkeit selbst von dem ganz rätselhaften emotionellen Phänomen des Glaubens überwältigt wird. Das ist das berühmte *Credo quia absurdum*, und auch wer dies zustande gebracht hat, sieht es als eine Höchstleistung an. Vielleicht ist das Gemeinsame all dieser psychologischen Situationen etwas anderes. Vielleicht erklärt der Mensch einfach das für das Höhere, was das Schwierigere ist, und sein Stolz ist bloß der durch das Bewußtsein einer überwundenen Schwierigkeit gesteigerte Narzißmus.

Das sind gewiß wenig fruchtbare Erörterungen, und man könnte meinen, sie haben mit unserer Untersuchung, was den Charakter des jüdischen Volkes bestimmt hat, überhaupt nichts zu tun. Das wäre nur ein Vorteil für uns, aber eine gewisse Zugehörigkeit zu unserem Problem verrät sich doch durch eine Tatsache, die uns später noch mehr beschäftigen wird. Die Religion, die mit dem Verbot begonnen hat, sich ein Bild von Gott zu machen, entwickelt sich im Laufe der Jahrhunderte immer mehr zu einer Religion der Triebverzichte. Nicht daß sie sexuelle Abstinenz fordern würde, sie begnügt sich mit einer merklichen Einengung der sexuellen Freiheit. Aber Gott wird der Sexualität völlig entrückt und zum Ideal ethischer Vollkommenheit erhoben. Ethik ist aber Triebeinschränkung. Die Propheten werden nicht müde zu mahnen, daß Gott nichts anderes von seinem Volke verlange als gerechte und tugendhafte Lebensführung, also Enthaltung von allen Triebbefriedigungen, die auch noch von unserer heutigen Moral als lasterhaft verurteilt werden. Und selbst die Forderung, an ihn zu glauben, scheint gegen den Ernst dieser ethischen Forderungen zurückzutreten. Somit scheint der Triebverzicht eine hervorragende Rolle in der Religion zu spielen, auch wenn er nicht von Anfang an in ihr hervortritt.

Hier ist aber Raum für einen Einspruch, der ein Mißverständnis abwehren soll. Mag es auch scheinen, daß der Triebverzicht und die auf ihn gegründete Ethik nicht zum wesentlichen Inhalt der Religion gehört, so ist er doch genetisch aufs innigste mit ihr verbunden. Der Totemismus, die erste Form einer Religion, die wir erkennen, bringt als unerläßliche Bestände des Systems eine Anzahl von Geboten und Verboten mit sich, die natürlich nichts anderes als Triebverzichte bedeuten, die Verehrung des Totem, die das Verbot einschließt, ihn zu schädigen oder zu töten, die Exogamie, also den Verzicht auf die leidenschaftlich begehrten Mütter und Schwestern in der Horde, das Zugeständnis gleicher Rechte für alle Mitglieder des Brüderbundes, also die Einschränkung der Tendenz zu gewalttätiger Rivalität unter ihnen. In diesen Bestimmungen müssen wir die ersten Anfänge einer sittlichen und sozialen Ordnung erblicken. Es entgeht uns nicht, daß sich hier zwei verschiedene Motivierungen geltend machen. Die beiden ersten Verbote liegen im Sinne des beseitigten Vaters, sie setzen gleichsam seinen Willen fort; das dritte Gebot, das der Gleichberechtigung der Bundesbrüder, sieht vom Willen des Vaters ab, es rechtfertigt sich durch die Berufung auf die Notwendigkeit, die neue Ordnung, die nach der Beseitigung des Vaters entstanden war, für die Dauer zu erhalten. Sonst wäre der Rückfall in den früheren Zustand unvermeidlich geworden. Hier sondern sich die sozialen Gebote von den anderen ab, die, wie wir sagen dürfen, direkt aus religiösen Beziehungen stammen.

In der abgekürzten Entwicklung des menschlichen Einzelwesens wiederholt sich das wesentliche Stück dieses Hergangs. Auch hier ist es die Autorität der Eltern, im wesentlichen die des unumschränkten, mit der Macht zur Strafe drohenden Vaters, die das Kind zu Triebverzichten auffordert, die für dasselbe festsetzt, was ihm erlaubt und was ihm verboten ist. Was beim Kinde „brav" oder „schlimm" heißt, wird später, wenn Gesellschaft und Über-Ich an die Stelle der Eltern getreten sind, „gut" und „böse", tugendhaft oder lasterhaft genannt werden, aber es ist immer noch das nämliche, Triebverzicht durch den Druck der den Vater ersetzenden, ihn fortsetzenden Autorität.

Diese Einsichten erfahren eine weitere Vertiefung, wenn wir eine Untersuchung des merkwürdigen Begriffs der Heiligkeit unternehmen. Was erscheint uns eigentlich als „heilig" in Hervorhebung von anderem, das wir hochschätzen und als wichtig und bedeutungsvoll anerkennen? Einerseits ist der Zusammenhang des Heiligen mit dem Religiösen unverkennbar, er wird in aufdringlicher Weise betont; alles Religiöse ist heilig, es ist geradezu der Kern der Heiligkeit. Anderseits wird unser Urteil durch die zahlreichen Versuche gestört, den Charakter der Heiligkeit für soviel anderes, Personen, Institutionen, Verrichtungen in Anspruch zu nehmen, die wenig mit Religion zu tun haben. Diese Bemühungen dienen offenkundigen Tendenzen. Wir wollen von dem Verbotcharakter ausgehen, der so fest am Heiligen haftet. Das Heilige ist offenbar etwas, was nicht berührt werden darf. Ein heiliges Verbot ist sehr stark affektiv betont, aber eigentlich ohne rationelle Begründung. Denn warum sollte es z. B. ein so besonders schweres Verbrechen sein, Inzest mit Tochter oder Schwester zu begehen, soviel ärger als jeder andere Sexualverkehr? Fragt man nach einer solchen Begründung, so wird man gewiß hören, daß sich alle unsere Gefühle dagegen sträuben. Aber das heißt nur, daß man das Verbot für selbstverständlich hält, daß man es nicht zu begründen weiß.

Die Nichtigkeit einer solchen Erklärung ist leicht genug zu erweisen. Was angeblich unsere heiligsten Gefühle beleidigt, war in den Herrscherfamilien der alten Ägypter und anderer frühen Völker allgemeine Sitte, man möchte sagen geheiligter Brauch. Es war selbstverständlich, daß der Pharao in seiner Schwester seine erste und vornehmste Frau fand, und die späten Nachfolger der Pharaonen, die griechischen Ptolemäer, zögerten nicht, dies Vorbild nachzuahmen. Soweit drängt sich uns eher die Einsicht auf, daß der Inzest – in diesem Falle zwischen Bruder und Schwester – ein Vorrecht war, das gewöhnlichen Sterblichen entzogen, aber den die Götter vertretenden Königen vorbehalten war, wie ja auch die Welt der griechischen und der germanischen Sage keinen Anstoß an solchen inzestuösen Beziehungen nahm. Man darf vermuten, daß die ängstliche Wahrung der Ebenbürtigkeit in unserem Hochadel noch ein Residuum dieses alten Privilegs ist, und kann feststellen, daß infolge der über so viele Generationen fortgesetzten Inzucht in den höchsten sozialen Schichten Europa heute nur von Mitgliedern einer und einer zweiten Familie regiert wird.

Der Hinweis auf den Inzest bei Göttern, Königen und Heroen hilft auch mit zur Erledigung eines anderen Versuches, der die Inzestscheu biologisch erklären will, sie auf ein dunkles Wissen um die Schädlichkeit der Inzucht zurückführt. Es ist aber nicht einmal sicher, daß eine Gefahr der Schädigung durch die Inzucht besteht, geschweige denn, daß die Primitiven sie erkannt und gegen sie reagiert hätten. Die Unsicherheit in der Bestimmung der erlaubten und der verbotenen Verwandtschaftsgrade spricht ebensowenig für die Annahme eines „natürlichen Gefühls" als Urgrund der Inzestscheu.

Unsere Konstruktion der Vorgeschichte drängt uns eine andere Erklärung auf. Das Gebiet der Exogamie, dessen negativer Ausdruck die Inzestscheu ist, lag im Willen des Vaters und setzte diesen Willen nach seiner Beseitigung fort. Daher die Stärke seiner affektiven Betonung und die Unmöglichkeit einer rationellen Begründung, also seine Heiligkeit. Wir erwarten zuversichtlich, daß die Untersuchung aller anderen Fälle von heiligem Verbot zu demselben Ergebnis führen würde wie im Falle der Inzestscheu, daß das Heilige ursprünglich nichts anderes ist als der fortgesetzte Wille des Urvaters. Damit fiele auch ein Licht auf die bisher unverständliche Ambivalenz der Worte, die den Begriff der Heiligkeit ausdrücken. Es ist die Ambivalenz, die das Verhältnis zum Vater überhaupt beherrscht. *„Sacer"* bedeutet nicht nur „heilig", „geweiht", sondern auch etwas, was wir nur mit „verrucht", „verabscheuenswert" übersetzen können (*„auri sacra fames"*). Der Wille des Vaters aber war nicht nur etwas, woran man nicht rühren durfte, was man hoch in Ehren halten mußte, sondern auch etwas, wovor man erschauerte, weil es einen schmerzlichen Triebverzicht erforderte. Wenn wir hören, daß Moses sein Volk "heiligte" durch die Einführung der Sitte der Beschneidung, so verstehen wir jetzt den tiefen Sinn dieser Behauptung. Die Beschneidung ist der symbolische Ersatz der Kastration, die der Urvater einst aus der Fülle seiner Machtvollkommenheit über die Söhne verhängt hatte, und wer dies Symbol annahm, zeigte damit, daß er bereit war, sich dem Willen des Vaters zu unterwerfen, auch wenn er ihm das schmerzlichste Opfer auferlegte.

Um zur Ethik zurückzukehren, dürfen wir abschließend sagen: Ein Teil ihrer Vorschriften rechtfertigt sich auf rationelle Weise durch die Notwendigkeit, die Rechte der Gemeinschaft gegen den Einzelnen, die Rechte des Einzelnen gegen die Gesellschaft und die der Individuen gegeneinander abzugrenzen. Was aber an der Ethik uns großartig, geheimnisvoll, in mystischer Weise selbstverständlich erscheint, das dankt diese Charaktere dem Zusammenhang mit der Religion, der Herkunft aus dem Willen des Vaters.

E
Der Wahrheitsgehalt der Religion

Wie beneidenswert erscheinen uns, den Armen im Glauben, jene Forscher, die von der Existenz eines höchsten Wesens überzeugt sind! Für diesen großen Geist hat die Welt keine Probleme, weil er selbst alle ihre Einrichtungen geschaffen hat. Wie umfassend, erschöpfend und endgültig sind die Lehren der Gläubigen im Vergleich mit den mühseligen, armseligen und stückhaften Erklärungsversuchen, die das Äußerste sind, was wir zustande bringen! Der göttliche Geist, der selbst das Ideal ethischer Vollkommenheit ist, hat den Menschen die Kenntnis dieses Ideals eingepflanzt und gleichzeitig den Drang, ihr Wesen dem Ideal anzugleichen. Sie verspüren unmittelbar, was höher und edler und was niedriger und gemeiner ist. Ihr Empfindungsleben ist auf ihre jeweilige Distanz vom Ideal eingestellt. Es bringt ihnen hohe Befriedigung, wenn sie, im Perihel gleichsam, ihm näherkommen, es straft sich durch schwere Unlust, wenn sie, im Aphel, sich von ihm entfernt haben. Das ist alles so einfach und so unerschütterlich festgelegt. Wir können nur bedauern, wenn gewisse Lebenserfahrungen und Weltbeobachtungen es uns unmöglich machen, die Voraussetzung eines solchen höchsten Wesens anzunehmen. Als hätte die Welt der Rätsel nicht genug, wird uns die neue Aufgabe gestellt zu verstehen, wie jene anderen den Glauben an das göttliche Wesen erwerben konnten und woher dieser Glaube seine ungeheure, „Vernunft und Wissenschaft" überwältigende Macht bezieht.

Kehren wir zu dem bescheideneren Problem zurück, das uns bisher beschäftigt hat. Wir wollten erklären, woher der eigentümliche Charakter des jüdischen Volkes rührt, der wahrscheinlich auch seine Erhaltung bis auf den heutigen Tag ermöglicht hat. Wir fanden, der Mann Moses hat diesen Charakter geprägt, dadurch, daß er ihnen eine Religion gab, welche ihr Selbstgefühl so erhöhte, daß sie sich allen anderen Völkern überlegen glaubten. Sie erhielten sich dann dadurch, daß sie sich von den anderen fernhielten. Blutvermischungen störten dabei wenig, denn was sie zusammenhielt, war ein ideelles Moment, der gemeinsame Besitz bestimmter intellektueller und emotioneller Güter. Die Mosesreligion hatte diese Wirkung, weil sie 1) das Volk Anteil nehmen ließ an der Großartigkeit einer neuen Gottesvorstellung, 2) weil sie behauptete, daß dies Volk von diesem großen Gott auserwählt und für die Beweise seiner besonderen Gunst bestimmt war, 3) weil sie dem Volk einen Fortschritt in der Geistigkeit aufnötigte, der, an sich bedeutungsvoll genug, überdies den Weg zur

Hochschätzung der intellektuellen Arbeit und zu weiteren Triebverzichten eröffnete.

Dies ist unser Ergebnis, und obwohl wir nichts davon zurücknehmen mögen, können wir uns doch nicht verhehlen, daß es irgendwie unbefriedigend ist. Die Verursachung deckt sozusagen nicht den Erfolg, die Tatsache, die wir erklären wollen, scheint von einer anderen Größenordnung als alles, wodurch wir sie erklären. Wäre es möglich, daß alle unsere bisherigen Untersuchungen nicht die ganze Motivierung aufgedeckt haben, sondern nur eine gewissermaßen oberflächliche Schicht, und dahinter noch ein anderes, sehr bedeutsames Moment auf Entdeckung wartet? Bei der außerordentlichen Komplikation aller Verursachung in Leben und Geschichte mußte man auf etwas dergleichen gefaßt sein. Der Zugang zu dieser tieferen Motivierung ergäbe sich an einer bestimmten Stelle der vorstehenden Erörterungen. Die Religion des Moses hat ihre Wirkungen nicht unmittelbar geübt, sondern in einer merkwürdig indirekten Weise. Das will nicht besagen, sie habe nicht sofort gewirkt, sie habe lange Zeiten, Jahrhunderte gebraucht, um ihre volle Wirkung zu entfalten, denn soviel versteht sich von selbst, wenn es sich um die Ausprägung eines Volkscharakters handelt. Sondern die Einschränkung bezieht sich auf eine Tatsache, die wir der jüdischen Religionsgeschichte entnommen, oder, wenn man will, in sie eingetragen haben. Wir haben gesagt, das jüdische Volk warf die Mosesreligion nach einer gewissen Zeit wieder ab – ob vollständig, ob einige ihrer Vorschriften beibehalten wurden, können wir nicht erraten. Mit der Annahme, daß in den langen Zeiten der Besitzergreifung Kanaans und des Ringens mit den dort wohnenden Völkern die Jahvereligion sich nicht wesentlich von der Verehrung der anderen Baalim unterschied, stehen wir auf historischem Boden trotz aller Anstrengungen späterer Tendenzen, diesen beschämenden Sachverhalt zu verschleiern. Die Mosesreligion war aber nicht spurlos untergegangen, eine Art von Erinnerung an sie hatte sich erhalten, verdunkelt und entstellt, vielleicht bei einzelnen Mitgliedern der Priesterkaste durch alte Aufzeichnungen gestützt. Und diese Tradition einer großen Vergangenheit war es, die aus dem Hintergrunde gleichsam zu wirken fortfuhr, allmählich immer mehr Macht über die Geister gewann und es endlich erreichte, den Gott Jahve in den Gott Moses' zu verwandeln und die vor langen Jahrhunderten eingesetzte und dann verlassene Religion Moses' wieder zum Leben zu erwecken.

Wir haben in einem früheren Abschnitt dieser Abhandlung erörtert, welche Annahme unabweisbar scheint, wenn wir eine solche Leistung der Tradition begreiflich finden sollen.

F
Die Wiederkehr des Verdrängten

Es gibt nun eine Menge ähnlicher Vorgänge unter denen, die uns die analytische Erforschung des Seelenlebens kennen gelehrt hat. Einen Teil derselben heißt man pathologisch, andere rechnet man in die Mannigfaltigkeit der Normalität ein. Aber darauf kommt es wenig an, denn die Grenzen zwischen beiden sind nicht scharf gezogen, die Mechanismen sind im weiten Ausmaß die nämlichen, und es ist weit wichtiger, ob die betreffenden Veränderungen sich am Ich selbst vollziehen oder ob sie sich ihm fremd entgegenstellen, wo sie dann Symptome genannt werden. Aus der Fülle des Materials hebe ich zunächst Fälle hervor, die sich auf Charakterentwicklung beziehen. Das junge Mädchen hat sich in den entschiedensten Gegensatz zu seiner Mutter gebracht, alle Eigenschaften gepflegt, die sie an der Mutter vermißt, und alles vermieden, was an die Mutter erinnert. Wir dürfen ergänzen, daß sie in früheren Jahren wie jedes weibliche Kind eine Identifizierung mit der Mutter vorgenommen hatte und sich nun energisch gegen diese auflehnt. Wenn aber dieses Mädchen heiratet, selbst Frau und Mutter wird, dürfen wir nicht erstaunt sein zu finden, daß sie anfängt, ihrer befeindeten Mutter immer mehr ähnlich zu werden, bis sich schließlich die überwundene Mutteridentifizierung unverkennbar wiederhergestellt hat. Das gleiche ereignet sich auch bei Knaben, und selbst der große Goethe, der in seiner Geniezeit den steifen und pedantischen Vater gewiß geringgeschätzt hat, entwickelte im Alter Züge, die dem Charakterbild des Vaters angehörten. Auffälliger kann der Erfolg noch werden, wo der Gegensatz zwischen beiden Personen schärfer ist. Ein junger Mann, dem es zum Schicksal wurde, neben einem nichtswürdigen Vater aufzuwachsen, entwickelte sich zunächst, ihm zum Trotz, zu einem tüchtigen, zuverlässigen und ehrenhaften Menschen. Auf der Höhe des Lebens schlug sein Charakter um, und er verhielt sich von nun an so, als ob er sich diesen selben Vater zum Vorbild genommen hätte. Um den Zusammenhang mit unserem Thema nicht zu verlieren, muß man im Sinne behalten, daß zu Anfang eines solchen Ablaufs immer eine frühkindliche Identifizierung mit dem Vater steht. Diese wird dann verstoßen, selbst überkompensiert, und hat sich am Ende wieder durchgesetzt.

Es ist längst Gemeingut geworden, daß die Erlebnisse der ersten fünf Jahre einen bestimmenden Einfluß auf das Leben nehmen, dem sich nichts Späteres widersetzen kann. Über die Art, wie sich diese frühen Eindrücke gegen alle Einwirkungen reiferer Lebenszeiten behaupten, wäre viel Wissenswertes zu sagen, das nicht hierher gehört. Weniger bekannt dürfte aber sein, daß die stärkste zwangsartige Beeinflussung von jenen Eindrücken herrührt, die das Kind zu einer Zeit treffen, da wir seinen psychischen Apparat für noch nicht vollkommen aufnahmefähig halten müssen. An der Tatsache selbst ist nicht zu zweifeln, sie ist so befremdend, daß wir uns ihr Verständnis durch den Vergleich mit einer photographischen Aufnahme erleichtern dürfen, die nach einem beliebigen Aufschub entwickelt und in ein Bild verwandelt werden mag. Immerhin weist man gern darauf hin, daß ein phantasievoller Dichter mit der Poeten gestatteten Kühnheit diese unsere unbequeme Entdeckung vorweggenommen hat. E. T. A. Hoffmann pflegte den Reichtum an Gestalten, die sich ihm für seine Dichtungen zur Verfügung stellten, auf den Wechsel der Bilder und Eindrücke während einer wochenlangen Reise im Postwagen zurückzuführen, die er noch als Säugling an der Mutterbrust erlebt hatte. Was die Kinder im Alter von zwei Jahren erlebt und nicht verstanden haben, brauchen sie außer in Träumen nie zu erinnern. Erst durch eine psychoanalytische Behandlung kann es ihnen bekannt werden, aber es bricht zu irgendeiner späteren Zeit mit Zwangsimpulsen in ihr Leben ein, dirigiert ihre Handlungen, drängt ihnen Sympathien und Antipathien auf, entscheidet oft genug über ihre Liebeswahl, die so häufig rationell nicht zu begründen ist. Es ist nicht zu verkennen, in welchen zwei Punkten diese Tatsachen unser Problem berühren. Erstens in der Entlegenheit der Zeit, die hier als das eigentlich maßgebende Moment erkannt wird, z. B. in dem besonderen Zustand der Erinnerung, die wir bei diesen Kindheitserlebnissen als „unbewußt" klassifizieren. Wir erwarten hierin eine Analogie mit dem Zustand zu finden, den wir der Tradition im Seelenleben des Volkes zuschreiben möchten. Freilich war es nicht leicht, die Vorstellung des Unbewußten in die Massenpsychologie einzutragen.

Regelmäßige Beiträge zu den von uns gesuchten Phänomenen bringen die Mechanismen, die zur Neurosenbildung führen. Auch hier fallen die maßgebenden Ereignisse in frühen Kinderzeiten vor, aber der Akzent ruht dabei nicht auf der Zeit, sondern auf dem Vorgang, der dem Ereignis entgegentritt, auf der Reaktion gegen dasselbe. In schematischer Darstellung kann man sagen: Als

Folge des Erlebnisses erhebt sich ein Triebanspruch, der nach Befriedigung verlangt. Das Ich verweigert diese Befriedigung, entweder weil es durch die Größe des Anspruchs gelähmt wird oder weil es in ihm eine Gefahr erkennt. Die erstere dieser Begründungen ist die ursprünglichere, beide laufen auf die Vermeidung einer Gefahrsituation hinaus. Das Ich erwehrt sich der Gefahr durch den Prozeß der Verdrängung. Die Triebregung wird irgendwie gehemmt, der Anlaß mit den zugehörigen Wahrnehmungen und Vorstellungen vergessen. Damit ist aber der Prozeß nicht abgeschlossen, der Trieb hat entweder seine Stärke behalten, oder er sammelt sie wieder, oder er wird durch einen neuen Anlaß wieder geweckt. Er erneuert dann seinen Anspruch, und da ihm der Weg zur normalen Befriedigung durch das, was wir die Verdrängungsnarbe nennen können, verschlossen bleibt, bahnt er sich irgendwo an einer schwachen Stelle einen anderen Weg zu einer sogenannten Ersatzbefriedigung, die nun als Symptom zum Vorschein kommt, ohne die Einwilligung, aber auch ohne das Verständnis des Ichs. Alle Phänomene der Symptombildung können mit gutem Recht als „Wiederkehr des Verdrängten" beschrieben werden. Ihr auszeichnender Charakter ist aber die weitgehende Entstellung, die das Wiederkehrende im Vergleich zum Ursprünglichen erfahren hat. Vielleicht wird man meinen, daß wir uns mit der letzten Gruppe von Tatsachen zu weit von der Ähnlichkeit mit der Tradition entfernt haben. Aber es soll uns nicht gereuen, wenn wir damit in die Nähe der Probleme des Triebverzichts gekommen sind.

G
Die historische Wahrheit

Wir haben alle diese psychologischen Exkurse unternommen, um es uns glaubhafter zu machen, daß die Mosesreligion ihre Wirkung auf das jüdische Volk erst als Tradition durchgesetzt hat. Mehr als eine gewisse Wahrscheinlichkeit haben wir wahrscheinlich nicht zustande gebracht. Aber nehmen wir an, es sei uns der volle Nachweis gelungen; es bliebe doch der Eindruck, daß wir bloß dem qualitativen Faktor der Anforderung genügt haben, nicht auch dem quantitativen. Allem, was mit der Entstehung einer Religion, gewiß auch der jüdischen, zu tun hat, hängt etwas Großartiges an, das durch unsere bisherigen Erklärungen nicht gedeckt wird. Es müßte noch ein anderes Moment beteiligt sein, für das es wenig Analoges und nichts Gleichartiges gibt, etwas Einziges und etwas von der gleichen Größenordnung wie das, was daraus geworden ist, wie die Religion selbst.

Versuchen wir, uns dem Gegenstand von der Gegenseite zu nähern. Wir verstehen, daß der Primitive einen Gott braucht als Weltschöpfer, Stammesoberhaupt, persönlichen Fürsorger. Dieser Gott hat seine Stelle hinter den verstorbenen Vätern, von denen die Tradition noch etwas zu sagen weiß. Der Mensch späterer Zeiten, unserer Zeit, benimmt sich in der gleichen Weise. Auch er bleibt infantil und schutzbedürftig selbst als Erwachsener; er meint, er kann den Anhalt an seinem Gott nicht entbehren. Soviel ist unbestritten, aber minder leicht ist es zu verstehen, warum es nur einen einzigen Gott geben darf, warum grade der Fortschritt vom Henotheismus zum Monotheismus die überwältigende Bedeutung erwirbt. Gewiß nimmt, wie wir es ausgeführt haben, der Gläubige Anteil an der Größe seines Gottes, und je größer der Gott, desto zuverlässiger der Schutz, den er spenden kann. Aber die Macht eines Gottes hat nicht seine Einzigkeit zur notwendigen Voraussetzung. Viele Völker sahen nur eine Verherrlichung ihres Obergottes darin, wenn er andere, ihm untergebene Gottheiten beherrsche, und nicht eine Verkleinerung seiner Größe, wenn andere außer ihm existierten. Auch bedeutete es ja ein Opfer an Intimität, wenn dieser Gott universell wurde und sich um alle Länder und Völker bekümmerte. Man teilte gleichsam seinen Gott mit den Fremden und mußte sich dafür durch den Vorbehalt, daß man von ihm bevorzugt sei, entschädigen. Man kann auch noch geltend machen, daß die Vorstellung des einzigen Gottes selbst einen Fortschritt in der Geistigkeit bedeute, aber man kann den Punkt so hoch unmöglich schätzen.

Für diese offenkundige Lücke in der Motivierung wissen nun die Frommgläubigen eine zureichende Ausfüllung. Sie sagen, die Idee eines einzigen Gottes hat darum so überwältigend auf die Menschen gewirkt, weil sie ein Stück der ewigen *Wahrheit* ist, die, lange verhüllt, endlich zum Vorschein kam und dann alle mit sich fortreißen mußte. Wir müssen zugeben, ein Moment dieser Art ist endlich der Größe des Gegenstands wie des Erfolgs angemessen.

Auch wir möchten diese Lösung annehmen. Aber wir stoßen auf ein Bedenken. Das fromme Argument ruht auf einer optimistisch-idealistischen Voraussetzung. Es hat sich sonst nicht feststellen lassen, daß der menschliche Intellekt eine besonders feine Witterung für die Wahrheit besitzt und daß das menschliche Seelenleben eine besondere Geneigtheit zeigt, die Wahrheit anzuerkennen. Wir haben eher im Gegenteil erfahren, daß unser Intellekt sehr leicht ohne alle Warnung irregeht und daß nichts leichter von uns geglaubt wird, als was, ohne Rücksicht auf die Wahrheit, unseren Wunschillusionen entgegenkommt. Darum müssen wir unserer Zustimmung eine Einschränkung anfügen. Wir glauben auch, daß die Lösung der Frommen die Wahrheit enthält, aber nicht die *materielle*, sondern die *historische* Wahrheit. Und wir nehmen uns das Recht, eine gewisse Entstellung zu korrigieren, welche diese Wahrheit bei ihrer Wiederkehr erfahren hat. Das heißt, wir glauben nicht, daß es einen einzigen großen Gott heute gibt, sondern daß es in Urzeiten eine einzige Person gegeben hat, die damals übergroß erscheinen mußte und die dann zur Gottheit erhöht in der Erinnerung der Menschen wiedergekehrt ist.

Wir hatten angenommen, daß die Moses-Religion zunächst verworfen und halb vergessen wurde und dann als Tradition zum Durchbruch kam. Wir nehmen jetzt an, daß dieser Vorgang sich damals zum zweiten Mal wiederholte. Als Moses dem Volk die Idee des einzigen Gottes brachte, war sie nichts Neues, sondern sie bedeutete die Wiederbelebung eines Erlebnisses aus den Urzeiten der menschlichen Familie, das dem bewußten Gedächtnis der Menschen längst entschwunden war. Aber es war so wichtig gewesen, hatte so tief einschneidende Veränderungen im Leben der Menschen erzeugt oder angebahnt, daß man nicht umhin kann zu glauben, es habe irgendwelche dauernden Spuren, einer Tradition vergleichbar, in der menschlichen Seele hinterlassen.

Wir haben aus den Psychoanalysen von Einzelpersonen erfahren, daß ihre frühesten Eindrücke, zu einer Zeit aufgenommen, da das Kind noch kaum sprachfähig war, irgend einmal Wirkungen von Zwangscharakter äußern, ohne selbst bewußt erinnert zu werden. Wir halten uns berechtigt, dasselbe von den frühesten Erlebnissen der ganzen Menschheit anzunehmen. Eine dieser Wirkungen wäre das Auftauchen der Idee eines einzigen großen Gottes, die man als zwar entstellte, aber durchaus berechtigte Erinnerung anerkennen muß. Eine solche Idee hat Zwangscharakter, sie muß Glauben finden. Soweit ihre Entstellung reicht, darf man sie als *Wahn* bezeichnen, insofern sie die Wiederkehr des Vergangenen bringt, muß man sie *Wahrheit* heißen. Auch der psychiatrische Wahn enthält ein Stückchen Wahrheit, und die Überzeugung des Kranken greift von dieser Wahrheit aus auf die wahnhafte Umhüllung über.

Was nun folgt, ist bis zum Ende eine wenig abgeänderte Wiederholung der Ausführungen im ersten Teil.

Im Jahre 1912 habe ich in *Totem und Tabu* versucht, die alte Situation, von der solche Wirkungen ausgingen, zu rekonstruieren. Ich habe mich dabei gewisser theoretischer Gedanken von Ch. Darwin, Atkinson, besonders aber von W. Robertson Smith bedient und sie mit Funden und Andeutungen aus der Psychoanalyse kombiniert. Von Darwin entlehnte ich die Hypothese, daß die Menschen ursprünglich in kleinen Horden lebten, eine jede unter der Gewaltherrschaft eines älteren Männchens, das sich alle Weibchen aneignete und die jungen Männer, auch seine Söhne, züchtigte oder beseitigte. Von Atkinson in Fortsetzung dieser Schilderung, daß dies patriarchalische System sein Ende fand in einer Empörung der Söhne, die sich gegen den Vater vereinigten, ihn überwältigten und gemeinsam verzehrten. Im Anschluß an die Totemtheorie von Robertson Smith nahm ich an, daß nachher die Vaterhorde dem totemistischen Brüderclan Platz machte. Um miteinander in Frieden leben zu können, verzichteten die siegreichen Brüder auf die Frauen, derentwegen sie doch den Vater erschlagen hatten, und legten sich Exogamie auf. Die väterliche Macht war gebrochen, die Familien nach Mutterrecht eingerichtet. Die ambivalente Gefühlseinstellung der Söhne gegen den Vater blieb über die ganze weitere Entwicklung in Kraft. An Stelle des Vaters wurde ein bestimmtes Tier als Totem eingesetzt; es galt als Ahnherr und Schutzgeist, durfte nicht geschädigt oder getötet werden, aber einmal im Jahr fand sich die ganze Männergemeinschaft zu einem Festmahl zusammen, bei dem das sonst verehrte Totemtier in Stücke gerissen und gemeinsam verzehrt wurde. Niemand durfte sich von diesem Mahle ausschließen, es war die feierliche Wiederholung der Vatertötung, mit der die soziale Ordnung, Sittengesetze und Religion ihren Anfang genommen hatten. Die Übereinstimmung der Robertson Smithschen Totemmahlzeit mit dem christlichen Abendmahl ist manchen Autoren vor mir aufgefallen.

Ich halte an diesem Aufbau noch heute fest. Ich habe wiederholt heftige Vorwürfe zu hören bekommen, daß ich in späteren Auflagen des Buches meine Meinungen nicht abgeändert habe, nachdem doch neuere Ethnologen die Aufstellungen von Robertson Smith einmütig verworfen und zum Teil andere, ganz abweichende Theorien vorgebracht haben. Ich habe zu entgegnen, daß mir diese angeblichen Fortschritte wohl bekannt sind. Aber ich bin weder von der Richtigkeit dieser Neuerungen noch von den Irrtümern Robertson Smiths überzeugt worden. Ein Widerspruch ist noch keine Widerlegung, eine Neuerung nicht notwendig ein Fortschritt. Vor allem aber, ich bin nicht Ethnologe, sondern Psychoanalytiker. Ich hatte das Recht, aus der ethnologischen Literatur herauszugreifen, was ich für die analytische Arbeit brauchen konnte. Die Arbeiten des genialen Robertson Smith haben mir wertvolle Berührungen mit dem psychologischen Material der Analyse, Anknüpfungen für dessen Verwertung gegeben. Mit seinen Gegnern traf ich nie zusammen.

H
Die geschichtliche Entwicklung

Ich kann den Inhalt von *Totem und Tabu* hier nicht ausführlicher wiederholen, aber ich muß für die Ausfüllung der langen Strecke zwischen jener angenommenen Urzeit und dem Sieg des Monotheismus in historischen Zeiten sorgen. Nachdem das Ensemble von Brüderclan, Mutterrecht, Exogamie und Totemismus eingerichtet war, setzte eine Entwicklung ein, die als langsame „Wiederkehr des Verdrängten" zu beschreiben ist. Den Terminus „das Verdrängte" gebrauchen wir hier im uneigentlichen Sinn. Es handelt sich um etwas Vergangenes, Verschollenes, Überwundenes im Völkerleben, das wir dem Verdrängten im Seelenleben des Einzelnen gleichzustellen wagen. In welcher psychologischen Form dies Vergangene während der Zeit seiner Verdunkelung vorhanden war, wissen wir zunächst nicht zu sagen. Es wird uns nicht leicht, die Begriffe der Einzelpsychologie auf die Psychologie der Massen zu übertragen, und ich glaube nicht, daß wir etwas erreichen, wenn wir den Begriff eines „kollektiven" Unbewußten einführen. Der Inhalt des Unbewußten ist ja überhaupt kollektiv, allgemeiner Besitz der Menschen. Wir behelfen uns also vorläufig mit dem Gebrauch von Analogien. Die Vorgänge, die wir hier im Völkerleben studieren, sind den uns aus der Psychopathologie bekannten sehr ähnlich, aber doch nicht ganz die nämlichen. Wir entschließen uns endlich zur Annahme, daß die psychischen Niederschläge jener Urzeiten Erbgut geworden waren, in jeder neuen Generation nur der Erweckung, nicht der Erwerbung bedürftig. Wir denken hierbei an das Beispiel der sicherlich „mitgeborenen" Symbolik, die aus der Zeit der Sprachentwicklung stammt, allen Kindern vertraut ist, ohne daß sie eine Unterweisung erhalten hätten, und die bei allen Völkern trotz der Verschiedenheit der Sprachen gleich lautet. Was uns etwa noch an Sicherheit fehlt, gewinnen wir aus anderen Ergebnissen der psychoanalytischen Forschung. Wir erfahren, daß unsere Kinder in einer Anzahl von bedeutsamen Relationen nicht so reagieren, wie es ihrem eigenen Erleben entspricht, sondern instinktmäßig, den Tieren vergleichbar, wie es nur durch phylogenetischen Erwerb erklärlich ist.

Die Wiederkehr des Verdrängten vollzieht sich langsam, gewiß nicht spontan, sondern unter dem Einfluß all der Änderungen in den Lebensbedingungen, welche die Kulturgeschichte der Menschen erfüllen. Ich kann hier weder eine Übersicht dieser Abhängigkeiten noch eine mehr als lückenhafte Aufzählung der Etappen dieser Wiederkehr geben. Der Vater wird wiederum das Oberhaupt der Familie, längst nicht so unbeschränkt, wie es der Vater der Urhorde gewesen war. Das Totemtier weicht dem Gotte in noch sehr deutlichen Übergängen. Zunächst trägt der menschengestaltige Gott noch den Kopf des Tieres, später verwandelt er sich mit Vorliebe in dies bestimmte Tier, dann wird dies Tier ihm heilig und sein Lieblingsbegleiter, oder er hat das Tier getötet und trägt selbst den Beinamen danach. Zwischen dem Totemtier und dem Gotte taucht der Heros auf, häufig als Vorstufe der Vergottung. Die Idee einer höchsten Gottheit scheint sich frühzeitig einzustellen, zunächst nur schattenhaft, ohne Einmengung in die täglichen Interessen des Menschen. Mit dem Zusammenschluß der Stämme und Völker zu größeren Einheiten organisieren sich auch die Götter zu Familien, zu Hierarchien. Einer unter ihnen wird häufig zum Oberherrn über Götter und Menschen erhöht. Zögernd geschieht dann der weitere Schritt, nur einem Gott zu zollen, und endlich erfolgt die Entscheidung, einem einzigen Gott alle Macht einzuräumen und keine anderen Götter neben ihm zu dulden. Erst damit war die Herrlichkeit des Urhordenvaters wiederhergestellt, und die ihm geltenden Affekte konnten wiederholt werden.

Die erste Wirkung des Zusammentreffens mit dem so lange Vermißten und Ersehnten war überwältigend und so, wie die Tradition der Gesetzgebung vom Berge Sinai sie beschreibt. Bewunderung, Ehrfurcht und Dankbarkeit dafür, daß man Gnade gefunden in seinen Augen – die Mosesreligion kennt keine anderen als diese positiven Gefühle gegen den Vatergott. Die Überzeugung von seiner Unwiderstehlichkeit, die Unterwerfung unter seinen Willen können bei dem hilflosen, eingeschüchterten Sohn des Hordenvaters nicht unbedingter gewesen sein, ja, sie werden erst durch die Versetzung in das primitive und infantile Milieu voll begreiflich. Kindliche Gefühlsregungen sind in ganz anderem Ausmaß als die Erwachsener intensiv und unausschöpfbar tief, nur die religiöse Ekstase kann das wiederbringen. So ist ein Rausch der Gottesergebenheit die nächste Reaktion auf die Wiederkehr des großen Vaters.

Die Richtung dieser Vaterreligion war damit für alle Zeiten festgelegt, doch war ihre Entwicklung damit nicht abgeschlossen. Zum Wesen des Vaterverhältnisses gehört die Ambivalenz; es konnte nicht ausbleiben, daß sich im Laufe der Zeiten auch jene Feindseligkeit regen wollte, die einst die Söhne angetrieben, den bewunderten und gefürchteten Vater zu töten. Im Rahmen der Mosesreligion war für den direkten Ausdruck des mörderischen Vaterhasses kein Raum; nur eine mächtige Reaktion auf ihn konnte zum Vorschein kommen, das Schuldbewußtsein wegen dieser Feindseligkeit, das schlechte Gewissen, man habe sich gegen Gott versündigt und höre nicht auf zu sündigen. Dieses Schuldbewußtsein, das von den Propheten ohne Unterlaß wachgehalten wurde, das bald einen integrierenden Inhalt des religiösen Systems bildete, hatte noch eine andere, oberflächliche Motivierung, die seine wirkliche Herkunft geschickt maskierte. Es ging dem Volke schlecht, die auf Gottes Gunst gesetzten Hoffnungen wollten sich nicht erfüllen, es war nicht leicht, an der über alles geliebten Illusion festzuhalten, daß man Gottes auserwähltes Volk sei. Wollte man auf dieses Glück nicht verzichten, so bot das Schuldgefühl ob der eigenen Sündhaftigkeit eine willkommene Entschuldung Gottes. Man verdiente nichts Besseres, als von ihm bestraft zu werden, weil man seine Gebote nicht hielt, und im Bedürfnis, dieses Schuldgefühl, das unersättlich war und aus soviel tieferer Quelle kam, zu befriedigen, mußte man diese Gebote immer strenger, peinlicher und auch kleinlicher werden lassen. In einem neuen Rausch moralischer Askese legte man sich immer neue Triebverzichte auf und erreichte dabei wenigstens in Lehre und Vorschrift ethische Höhen, die den anderen alten Völkern unzugänglich geblieben waren. In dieser Höherentwicklung erblicken viele Juden den zweiten Hauptcharakter und die zweite große Leistung ihrer Religion. Aus unseren Erörterungen soll hervorgehen, wie sie mit der ersteren, der Idee des einzigen Gottes, zusammenhängt. Diese Ethik kann aber ihren Ursprung aus dem Schuldbewußtsein wegen der unterdrückten Gottesfeindschaft nicht verleugnen. Sie hat den unabgeschlossenen und unabschließbaren Charakter zwangsneurotischer Reaktionsbildungen; man errät auch, daß sie den geheimen Absichten der Bestrafung dient.

Die weitere Entwicklung geht über das Judentum hinaus. Das übrige, was von der Urvatertragödie wiederkehrte, war mit der Mosesreligion in keiner Art mehr vereinbar. Das Schuldbewußtsein jener Zeit war längst nicht mehr auf das jüdische Volk beschränkt, es hatte als ein dumpfes Unbehagen, als eine Unheilsahnung, deren Grund niemand anzugeben wußte, alle Mittelmeervölker ergriffen. Die Geschichtsschreibung unserer Tage spricht von einem Altern der antiken Kultur; ich vermute, sie hat nur Gelegenheitsursachen und Beihilfen zu jener Völkerverstimmung erfaßt. Die Klärung der bedrückten Situation ging vom Judentum aus. Ungeachtet aller Annäherungen und Vorbereitungen ringsum war es doch ein jüdischer Mann Saulus aus Tarsus, der sich als römischer Bürger Paulus nannte, in dessen Geist zuerst die Erkenntnis durchbrach: „Wir sind so unglücklich, weil wir Gottvater getötet haben." Und es ist überaus verständlich, daß er dies Stück Wahrheit nicht anders erfassen konnte als in der wahnhaften Einkleidung der frohen Botschaft: „Wir sind von aller Schuld erlöst, seitdem einer von uns sein Leben geopfert hat, um uns zu entsühnen." In dieser Formulierung war die Tötung Gottes natürlich nicht erwähnt, aber ein Verbrechen, das durch einen Opfertod gesühnt werden mußte, konnte nur ein Mord gewesen sein. Und die Vermittlung zwischen dem Wahn und der historischen Wahrheit stellte die Versicherung her, daß das Opfer Gottes Sohn gewesen sei. Mit der Kraft, die ihm aus der Quelle historischer Wahrheit zufloß, warf dieser neue Glaube alle Hindernisse nieder; an die Stelle der beseligenden Auserwähltheit trat nun die befreiende Erlösung. Aber die Tatsache der Vatertötung hatte bei ihrer Rückkehr in die Erinnerung der Menschheit größere Widerstände zu überwinden als die andere, die den Inhalt des Monotheismus ausgemacht hatte; sie mußte sich auch eine stärkere Entstellung gefallen lassen. Das unnennbare Verbrechen wurde ersetzt durch die Annahme einer eigentlich schattenhaften Erbsünde.

Erbsünde und Erlösung durch den Opfertod wurden die Grundpfeiler der neuen, durch Paulus begründeten Religion. Ob es in der Brüderschar, die sich gegen den Urvater empörte, wirklich einen Anführer und Anstifter der Mordtat gegeben hat oder ob diese Gestalt von der Phantasie der Dichter zur Heroisierung der eigenen Person später geschaffen und in die Tradition eingefügt wurde, muß dahingestellt bleiben. Nachdem die christliche Lehre den Rahmen des Judentums gesprengt hatte, nahm sie Bestandteile aus vielen anderen Quellen auf, verzichtete auf manche Züge des reinen Monotheismus, schmiegte sich in vielen Einzelheiten dem Rituale der übrigen Mittelmeervölker an. Es war, als ob neuerdings Ägypten Rache nähme an den Erben des Ikhnaton. Beachtenswert ist, in welcher Weise die neue Religion sich mit der alten Ambivalenz im Vaterverhältnis auseinandersetzte. Ihr Hauptinhalt war zwar die Versöhnung mit Gottvater, die Sühne des an ihm begangenen Verbrechens, aber die andere Seite der Gefühlsbeziehung zeigte sich darin, daß der Sohn, der die

Sühne auf sich genommen, selbst Gott wurde neben dem Vater und eigentlich an Stelle des Vaters. Aus einer Vaterreligion hervorgegangen, wurde das Christentum eine Sohnesreligion. Dem Verhängnis, den Vater beseitigen zu müssen, ist es nicht entgangen.

Nur ein Teil des jüdischen Volkes nahm die neue Lehre an. Jene, die sich dessen weigerten, heißen noch heute Juden. Sie sind durch diese Scheidung noch schärfer von den anderen abgesondert als vorher. Sie mußten von der neuen Religionsgemeinschaft, die außer Juden Ägypter, Griechen, Syrer, Römer und endlich auch Germanen aufgenommen hat, den Vorwurf hören, daß sie Gott gemordet haben. Unverkürzt würde dieser Vorwurf lauten: „Sie wollen es nicht wahrhaben, daß sie Gott gemordet haben, während wir es zugeben und von dieser Schuld gereinigt worden sind." Man sieht dann leicht ein, wieviel Wahrheit hinter diesem Vorwurf steckt. Warum es den Juden unmöglich gewesen ist, den Fortschritt mitzumachen, den das Bekenntnis zum Gottesmord bei aller Entstellung enthielt, wäre Gegenstand einer besonderen Untersuchung. Sie haben damit gewissermaßen eine tragische Schuld auf sich geladen; man hat sie dafür schwer büßen lassen.

Unsere Untersuchung hat vielleicht einiges Licht auf die Frage geworfen, wie das jüdische Volk die Eigenschaften erworben hat, die es kennzeichnen. Weniger Aufklärung fand das Problem, wieso sie sich bis auf den heutigen Tag als Individualität erhalten konnten. Aber erschöpfende Beantwortungen solcher Rätsel wird man billigerweise weder verlangen noch erwarten dürfen. Ein Beitrag, nach den eingangs erwähnten Einschränkungen zu beurteilen, ist alles, was ich bieten kann.